KB164715

진지하면

반칙이다

나보다
더 외로운
나에게

진지하면
반칙이다

류근 지음

나 이미 오래 걸어왔고

너무 많은 말을 하였다.

그럼에도 별자리처럼 남길 말 있으니

이 기쁨과 슬픔으로

다시 먼 길을 살아야겠네.

— 내게로 온 모든 이별과 상처의 꽃잎들에게

차례

1장

장래 희망이 시인이었다

피아노는 길고 시는 짧았네

아아, 얼마나 다행인가

시인의 숙명이여

세상의 언어를 견디며 죽도록 짧아지는 일

※ 일러두기
• 저자 특유의 표현에 따라 맞춤법의 구어적 사용, 비속어 표현 등을 일부 허용한 부분이 있습니다.
• 본문에 등장하는 '들비'는 저자가 키우는 반려견의 이름입니다.

을지로
순환선을
타고

시집 한 권을 착하게 들고서 을지로 순환선에 올라 한 바퀴 돌고 나면 시집 한 권이 내 가슴에 착하게 옮아져 있고, 다시 시집 한 권을 경건히 들고서 을지로 순환선에 올라 한 바퀴 돌고 나면 시집 한 권이 내 영혼에 경건히 옮아져 있던 시절이 있었다. 내 가난한 청춘이 그렇게 흔들리며 흘러갔다. 장래 희망이 시인이었다.

아름다운 시인이 너무 많았다. 나는 아무 데서나 울 수 없었으니까 날마다 그들의 시에 가서 울었다. 먼 나라에 있다는 풍경처럼, 먼 하늘에 있다는 별들처럼 그들은 고요하고도 친절하게 내 울음을 다 들어주었다. 그렇게 울고 나면 겨울이 지나가고, 어머니를 괴롭히던 빚쟁이들도 지나가고, 어딘가 살아 있다는 아버지도 지나가고, 봄날의 꽃나무들도 지나가고, 더러는 잠시 사랑했으나 가난 때문에 버림받았던 연애도 지나갔다. 장래 희망이 시인이었다.

햇빛을 보지 못한 영산홍 화분 같았다. 나는 아무 데서나 시들어갔다. 하지만 내 가슴과 영혼엔 착하고 경건한 시가 이식돼 있었으니까 아무 데서나 죽을 수는 없었다. 시집 한 권을 간신히 들고서 을지로 순환선에 올라 한 바퀴 돌고 나면 예쁘고 빛나고 기쁜 청년들이 우루루 지나가고 나는 먼 섬마을에 남겨진 개 밥그릇 같았다. 장래 희망이 시인이었다.

그 새벽,
분쇄기
돌아가는 소리

밤새 스케치북에 시를 쓰다가 새벽 무렵에 잠을 자면 1층 떡 방앗간에서 분쇄기 돌아가는 소리가 꿈속까지 따라와 머리채를 흔들었다. 영천시장 뒷골목에 어머니와 세 들어 살던 시절이었다. 비둘기가 자주 와서 울었다. 쌀 한 줌을 던져주면 1층 방앗간 아주머니가 비둘기 똥 쌓인다고 화를 냈다. 주인집 아주머니였으므로 나는 자주 시무룩이 담배를 피웠다.

노래패 운동하던 후배가 자주 위문을 왔다. 그가 좋아하는 여자는 다른 남자와 열애 중이었다. 나는 그의 슬픔에 깊이 귀를 기울여주었지만 사실 나는 그런 건 사랑이 아니라고 속으로 생각했다. 오전 열한 시에 문을 여는 수선집 아주머니를 나는 몹시도 흠모하였다. 남편이 없었으니까 나는 더 행복하게 흠모할 수 있었다. 후배는 나의 왼쪽 팔을 툭 치면서 말했다.

"형, 나만 빼고 세상이 다 불량해."

언덕길 끝에는 간판 없이 짜장면만 파는 중국집이 있었다. 아저씨가 짜장면을 만들면 아주머니가 부지런히 배달을 했다. 우리는 소주 세 병을 아껴서 마셨다. 연탄재가 흔했던 시절이었으니까 우리는 자주 연탄재를 발로 찼다. 안도현 시인을 잘 모르던 시절이었다. 나는 다시 떡 방앗간집 2층으로 돌아와 밤새 스케치북에 시를 썼다. 새벽마다 분쇄기 돌아가는 소리가 단칸방을 흔들었다. 그 분쇄기 속으로 자주 내 머리가 들어가 갈리었다. 겨울이 길었다.

고요한
문장

몇 줄 쓰지 않았는데도 시끄러운 문장이 있다. 많은 말을 했는데도 고요한 문장이 있다. 자기 내면과의 시비를 묻어둔 채 세상과의 시비를 일삼는 문장들, 시끄럽다. 천박(淺薄)이란 무릇 얕고(淺) 얕은(薄) 것. 함부로 얕아져서 천박에 이른 문장은 비록 피를 묻혀도 사람의 향기를 깃들이지 못한다. 그런 문장은 곧 굶주린 짐승과 벌레들의 몫.

빗소리에 젖어 잠이 깨는 아침은 고요하다. 저토록 많은 문장들이 내 영혼에 다녀갔으나 나 한 번도 답신하지 못하였다. 다만 고요히 변방의 술집 문을 두드렸을 뿐. 혼자서 오래도록 빗소리와 또 그리운 이름들과 마주했을 뿐.

결국 나는 아침부터 술 생각. 아침부터 당신 생각.

나는
조금 서럽고
그립다

어제는 좋은 시를 두 편이나 읽었다. 나는 몹시 만족스러웠으므로 나에게 국수를 한 그릇 사주기로 하였다. 길 건너 국숫집으로 가는 길에 빗방울이 일곱 개 떨어졌다.

창이 넓은 이층 국숫집에서 판 모밀을 먹으며 나는 좀 전에 읽었던 시를 생각하였다. 내게서 떠나버린 시가 마치 냇물에 놓쳐버린 고무신처럼 저 멀리 남의 영혼에 흘러가 닿아 있었다. 나는 조금 서럽고 그리웠다. 내가 나의 시를 잃고 떠도는 동안 너희 또한 나를 잃고 얼마나 서럽고 그리웠으랴.

집으로 돌아오는 횡단보도 앞에서 신호를 기다리는 동안 나는 한 사백 개쯤의 빗방울을 머리에 맞았다. 우산을 살까, 하다가 그냥 관두기로 하였다. 집에는 포장을 벗기지도 않은 중국산 우산이 세 개나 있고, 우산 한 개면 라면이 세 봉다린데… 모처럼 함민복 시인의 말투로 생각하였다. 그러자 마음이 퍽 따뜻해졌다.

그러나 이토록 비가 오는데 나는 몸이 아파서 술도 마실 수가 없게 되었구나 생각하자 아까 읽었던 두 편의 시가 다 허망하였다. 횡단보도 앞에서 비 맞고 있을 때 우산도 못 되어주는 시, 아플 때 까스활명수만도 못한 시, 정작으론 라면 한 봉다리만도 못한 시…. 그러자 나를 떠나버린 시가 한 개도 안 서럽고 안 그리워졌다.

월요일 아침
같은 날
그다음 날

지난주에는 모처럼 메들리로 뭔가를 잃어버렸다. 봄비 탓이었다. 몇 년 만에 지갑을 잃어버렸고(다시 돌아왔고), 애인에게 선물받은 몽블랑 연필을 잃어버렸고, 주머니에 늘 넣고 다니는 자낙스 병을 잃어버렸다. 자낙스는 나처럼 우주에 갇힌 것이 공포스러운 사람을 위해서 만들어진 항불안제다. 나는 그것을 내 친구 소금장수 시인 박후기가 준 작은 죽염 병에 담아서 항상 부적처럼 지니고 다녔다.

그래서 걱정인 것은, 잘 모르는 사람이 그걸 죽염인 줄 알고 한꺼번에 원샷해 버릴까 봐 며칠째 잠이 오지 않는다. 나는 한 알만 먹어도 혀가 마비되고 다리에 수십 톤 모래주머니가 매달린 것처럼 무거워진다. 그래도 공황의 고통보단 그게 좀 나으니까 1년에 한두 번쯤 죽지 못해서 그걸 먹는 때가 있다. 주로 나쁜 잉간들이랑 술 마시고 난 다음 날 같은 날… 사는 게 쪽팔려서 외로운 날 같은 날 그다음 날….

  모든 게 봄비 탓이었지만, 뭔가를 자꾸 잃어버리는 건 스스로를 외롭게 만드는 일이다. 점점 더 누군가를 사랑했던 기억들마저 자주 잃어버린다. 어? 내가 그 사람을 어디다 두고 왔지? 그 설레던 가슴과 흔들리던 영혼을 어디다 두고 왔지? 순수했던 열망을, 그토록 간절했던 마음들을 어디다 두고 왔지?

  이래서 또 자낙스가 필요한 것인데, 오늘은 그게 없으니 그냥 소금이라도 한 됫박 원샷을 할까…. 아아, 사는 게 맨날 시말서 쓰러 출근하는 월요일 아침 같은 날 그다음 날 같으다, 시바.

당신만
건너면

이런 문장. 아프다. 링거 한 사발 얼음 동동 띄워서 원샷하고 싶다. 너무 멀리 왔다. 어려운 책을 읽고, 쉬운 영화를 보자. 그건 내가 내리막에서 자전거 타는 것보다 잘할 수 있는 일. 어제는 초조와 분노 때문에 아름다웠으니까 내일은 새로운 고통이 배달될 것이다. 그러면 나는 그것을 타고 더 멀리 갈 수 있으리라. 우선은 막차를 타고 인디아 서쪽 조드푸르에 내려서 낙타를 사야 한다. 치욕이 오면 기꺼이 침 뱉을 줄 아는 낙타를 사서 어디든 건너주리라. 그러나, 그리고 나는 당신만 건너면 다 건너는 것이다.

親文 시인

요즘은 주로 새벽 4시 11분에 잠에서 깬다. 내가 너무나 구슬프게 침대 끄트머리에 앉아서 망연히 망망하게 허공을 바라보고 있으면 들비가 와서 막,

기대하는 모든 생각이 틀렸다. 들비는 그냥 코를 골골 골면서 잔다. 나는 이 지구에 버려진 내 운명을 잠시 한탄한다. 한탄, 이라는 뛰어난 어휘력! 잘못 배달된 전보지 같다. 아, 다시 말하지만… 살면서 백 마디도 못 해본 우리 아버지는 내가 군대 가 있을 때 돌아가셨다. 전보가 왔다. 주말에 휴가 도장 찍어줄 간부들이 없어서… 내가 막상 위로 휴가를 나왔을 때는 아버지가 포항 어딘가에 묻힌 다음이었다. 나는 울지도 못했다.

아버지 살아 계실 때 나는 그를 위해서, 아니지, 그에 대해서 단 한 번도 울어본 적이 없다. 어느 술집에서 이렇게 말하자 옛

날 애인은 또 이렇게 말을 했다.

> "지금 살아 있는 나를 위해서, 아니지 나에 대해서 울어
> 본 적은 있어?"

시바, 나는 맨날 울었다.

이문재 시인은 왜 내가 완전히 취해 있거나 죽음 근처의 잠에
빠져 있을 때만 전화를 하는 것인가. 내 동지 김주대 시인은 아무
때나 전화를 해서 내 안부를 묻는다. 부인 잘 있어?

이게 류근 안부인가? 하지만 주대 형이 모르는 사실이 있다. 사
실, 나는 옆에 있는 아무나 막 바꿔준다. 형이 취해 있을 때는 우
리 동네 송서실 씨를 바꿔준 적도 있다. 한동안은 우리 동네 송서
실 씨가 내 부인이라고 우기기도 했다. 송서실 씨는, 남자다. 나는
성소수자가 아니다.

《O선일보》에서 류근을 입증했다. 어쩌다 아무도 믿지 않는 신
문이 돼버렸나. 아무튼 그 신문사에서 류근을 "친여 성향의 시인"
"친문 시인" 막 이랬다. 맞다. 나는 '親女 시인' 맞고 '親文 시인' 맞
다. 이런 걸 막 설명해야 하나.

내가 이 시간에 포스팅을 하면 멕시코에 사는 페친께서 막 좋아하신다. 그러나 나는 그분만을 위해서 페북질을 할 수는 없는 거여서 날마다 새벽 4시 11분에 깨어서도 꾹 참는다. 새벽엔 하인리히 하이네의 시를 읽는 게 몸에 좋다고 생각한다.

이 시간에 가장 맨정신인 사람은 우리 동네 온누리교회 목사님이시다. 내가 한잔만 해요, 라고 말하면 나를 막 쩨려보면서 두 잔을 벌컥벌컥 드신다. 목사님, 그거 술도 아니고 비겁하게.

삶의 비참을
이기는
칼 한 자루

태어나서 시집(시선집)을 처음 사본다고 하시는 분들이 제법 많았습니다. 그럴 수 있습니다. 제가 아직도 그 흔한 대방어회를 한 번도 못 먹어본 것과 비슷한 경우입니다. 시 한 편 읽기도 재미없고 어려운데 시집까지 사볼 필요를 느끼지 않았을 것입니다. 때론 시집을 읽고 싶어도 누구의, 어떤 시집을 읽어야 할지 엄두가 나지 않았을 것입니다.

창작을 하거나 문학을 전공하거나 각별한 관심이 있지 않고선 보통의 독자들이 시(집)를 선택하기란 여간 어려운 일이 아닙니다. 그만큼 우리나라 문학 교육, 시 교육이 잘못돼 있습니다. 감상은 없고 분석과 평가만 있습니다. 시계를 해체해 놓고 시간을 묻는 경우입니다. 감동도 없고 읽는 묘미를 느낄 겨를도 없습니다. 학교(학원)가 시를 멀리하게 만듭니다. 선생들조차 시를 느끼고 이해할 만한 소양과 여유가 있을 리 없습니다. 시도 죽이고 독자도 죽입니다.

시는 무조건 어렵고 따분한 것이 되어버립니다(물론 여기엔 함량 미달의 사이비 시인들이 쏟아져 나오고 있는 세태도 작용하고는 있습니다).

그러나 언제까지 교육 탓 사이비 탓만 할 수는 없습니다. 우리가 학교에서 배워서 클래식 음악이나 미술 애호가가 되는 것은 아니지 않습니까? 시 문학은 최고의 예술 행위이기 때문에 창작자도 독자도 고도화된 훈련이 필요한 장르입니다. 향유하기 위해선 일정한 노력이 필요하다는 뜻입니다. 인생을 시와 동행할 수 있으면 그 삶이 고귀해집니다. 자, 이제 어떻게 해야 시와 파랗게 만날 수 있을까요?

이럴 때 시선집이 필요합니다. 편자들의 수준이 천차만별이긴 하지만 (술꾼 류근과 천재 진혜원 검사처럼) 어느 정도 신뢰할 만한 사람들이 엮은 시선집을 먼저 일별해 보는 것은 도움이 됩니다. 시선집에 수록된 작품들을 서두르지 않고 천천히 숙독하다 보면 누구라도 반드시 맘에 드는, 마음을 움직이는 시 몇 편쯤은 만나게 될 것입니다. 바로 거기서 출발하는 것입니다.

맘에 드는 시를 쓴 시인의 시집을, 활동 연대가 앞선 시인 순으로 읽기 시작하면 됩니다. 김소월과 김영랑의 시가 좋았다면 두 분 가운데 먼저 활동했던 소월의 시집을 찾아서 읽는 것입니다.

말이 나온 김에 말씀드리건대 우리나라 시인의 대명사처럼 알려져 있는 소월인데도 우리 국민 가운데 그의 시집 한 권을 제대로 읽은 사람 흔치 않습니다. 시인들 가운데도 흔치 않습니다. 그렇게 한 권, 한 시인씩 섭렵하다 보면 시를 보는 안목과 감상의 지평선, 아니 지평이 넓어집니다.

요즘 발표되는 시가 어렵다고 합니다. 40여 년 시를 읽어온 저도 어렵습니다. 그 안엔 그냥 어렵기만 한 시도 있고, 어려워야 하기 때문에 어려운 시도 있습니다. 진짜도 있고 가짜도 있습니다. 시를 많이 읽지 않은 분들이 명심해야 할 것은, 자기에게 어렵거나 멀게 느껴지는 시는 다 나쁜 시라는 사실입니다. 자기 가슴에 닿지 않는 시는 그냥 무시하면 됩니다. 시집 한 권 안에도 자기에게 맞는 시가 있고 맞지 않는 시가 있습니다. 맞는 시만 거듭 읽으세요. 그러면 그 안에서 또 새로운 눈이 생겨납니다.

태권도도 급수 따라 띠의 색깔이 달라집니다. 모든 예술의 생산자와 소비자 역시 급수가 있습니다. 자꾸 접하다 보면 고급해집니다. 예술가는 추해질 수 있어도 예술애호가는 결코 추해지는 법이 없습니다. 하물며 시의 고급한 독자는 고귀해지기까지 합니다. 관상부터가 달라집니다. 부디 시를 읽고 시집을 읽으세요. 삶의 비참을 이겨낼 수 있는 가장 빛나는 칼, 시를 읽는 것입니다.

돈 벌어서
할 일

시집 팔아서 생긴 돈으로 사진 샀습니다. 지리산 이원규 시인 작품. 도대체 어찌하면 이런 사진을 찍을 수 있나요. 과일나무와 별자리가 영혼에 와서 박힙니다. 돈 벌어서 할 일이라곤 착한 사람들 책 사주기, 술 사주기, 그림 사주기, 사진 사주기, 라면 사주기, 들비 간식 사주기… 행복합니다.

펼치는 페이지마다 고요와 평화와 자기 응시의 풍경이

조곤조곤 속삭인다.

마음을 놓치고 세속의 소음에 짓밟힌

삶의 남루가 내 안에서 드러나네.

사람과 문장이 다르지 않다는 것은 얼마나 큰 미덕인가.

무명씨

고딩 2년 여름 방학이 시작되기 전에 나는 내 친구 이장욱이한 테 말했다.

> "이번 광복절 오후 두 시에 나는 너에게 100편의 고시조를 암송해서 보여줄 거야."

오후 두 시가 되었을 때 나는 내 친구 이장욱이 앞에서 우리나라 고시조를 암송하기 시작했다. 정확하게 166편의 고시조를 외워서 읊었다. 사설시조까지 막 읊어주었다.

우리나라에서 가장 많이 시조를 쓴 작가는 '무명씨'라는 분이었다. 나는 무명씨라는 분의 시조에서 가장 큰 감명을 받았다. 독립운동도 그러할 것이다. 이름도 없이 스러져간 분들이 가장 크고 빛나게 싸웠을 것이다.

사랑도 명예도 이름도 남김없이… 모든 해방과 광복에는 무명씨들의 피와 눈물이 숨어 있다. 우리는 그 무명씨들의… 이름을 이어받은 후손들이다. 눈물겹다.

인간
조건

결혼하지 않고 딸 하나 키우는 교수님이 계셨다. 불문학자였다. 내가 처음 만났을 때 이미 할머니 연세였다. 내가, 맨날 취해서 비틀비틀 떠벌떠벌 어리버리 헤매면 나를 불러서 책을 한 권씩 주시곤 하셨다. 우리 학과 교수님은 아니셨다. 나를 참 이뻐하신 건가? 혹시 사위?

> "자네는 반드시 읽어야 할 책을 안 읽고 그 나이를 살고 있네."

내가 무슨 책을 읽고 무슨 책을 안 읽었는지 어찌 아시냐고요~. 그런데 진짜 족집게처럼 내가 읽지 않은 책만 내미셨다. 나는 그때 유시민의 『항소이유서』라든가 로자 룩셈부르크의 저서나 헤겔의 『변증법』 같은 게 훨씬 문학에 이롭다고 생각했다. 책을 받으면 더 기분이 나빠져서 더 더 더, 안 읽게 되더라, 시바.

그런데 어느 가을날, 캠퍼스 잔디밭에 우울히 앉아 있다가 가방 안에 버려두었던 책이 기억이 났다. 그 할머니 교수님이 준 책이었다. 앙드레 말로 『인간의 조건』이었다. 아이고~ 다자이 오사무의 『인간 실격』을 읽은 지 일주일 후였다. 닝겐 실격 다음에 닝겐 조건이라니.

사전만큼 두꺼운 책이었는데 나는 캠퍼스 잔디밭이 다 어두워질 때까지 그 책을 읽었다. 다 다 다, 읽었다. 내가 내 나이를 살아야 할 이유를 좀 알겠더라고. 그래서 나는 대학생이 『인간의 조건』을 안 읽으면 그 나이를 제대로 살지 않은 거라고 믿게 되었다. 때가 이르렀으면 때에 맞는 책을 읽어야 한다. 나는 그 할머니 교수님 부음을 듣고 막 울었다. 사흘을 울었다.

봄눈 같은
무게로

낯술을 마시고 있는데 창밖에 눈발이 흩날렸다. 생각난 듯 시 쓰는 후배가 한마디했다.

> "아, 사랑도 봄눈 같아야 할 텐데요. 흔적도 없이 녹아버 리는 봄눈처럼 가벼울 수 있으면 좋을 텐데요…"

빈 잔을 탁, 내려놓으며 내가 말했다.

> "얀마, 그러니까 니가 아직 여자가 없는 거야. 맨날 녹아버 리는 여자밖에 없잖아."

그러나 그렇게 말하는 내 가슴에도 봄눈 같은 사랑에 대한 열 망은 흩날리고 있었다. 쌓여서 녹지 않는 사랑은 고통이므로, 만 년설 같은 그리움을 가슴에 이고 사는 것은 천형이므로.

사랑아,

오려거든 이제는 부디 봄눈 같은 무게로 내리거라.

우산도 없이 자꾸만 마음이 눈을 맞는다.

아침부터
술 생각

아침부터 술 생각이 나는 날은 어쩔 수 없지. 평생 누구에게도 별로 바라는 것 없는 염소 한 마리와 아무리 들여다봐도 도무지 무슨 생각하는지 알 수 없는 붉은 닭 한 마리와 촌에서 어슬렁거리던 가물치 한 마리, 망하기 전 동베를린에 살던 만년필 하나와 등이 가려운 노새 한 마리만 불러다가 우리 동네 24시간 오뎅집에 가서 앉아야지. 삶은 메추리알을 아홉 개 까서 소주 아홉 잔을 마셔야지.

술에 취하면 구스타프 클림트 구도로 목이 꺾이는 여자는 월요일이니까 그냥 돈이나 벌게 두고, 나는 혼자서만 옛날 시를 소리 내어 읽어야지. 오뎅이 다 부풀어서 지구를 비좁게 할 때까지 읽어야지. 그러면 이 아침의 술친구들은 비로소 꾸벅꾸벅 졸면서 꿈을 꾸기 시작하리. 염소는 염소의 꿈을 꾸고, 붉은 닭은 붉은 닭의 꿈을 꾸고, 가물치는 연못의 꿈을 꾸고, 만년필은 종이의 꿈을 꾸고, 노새는 등짐의 꿈을 꾸리. 나는 더 오래오래 시를 읽으리.

　아침부터 술 생각이 나는 날은 어쩔 수 없지. 나는 아직 아픈 사람. 술병에서 깨어나지 못하였으니 저 소통 밖의 것들과 간신히 소통하며 아침부터 술 생각이나 꼴꼴꼴, 빈 잔에 채워줄밖에. 소통하지 않는다는 것은 욕망하지 않는다는 것은 아니다, 호올로 호젓이 중얼거리면서.

어떠한
시도
오지 않는
새벽

어떠한 시도 오지 않는 새벽에 시인들은 무슨 영혼을 어루만졌을까. 이 새벽에 배꽃이 피는 소리를 듣느라 나는 잠을 못 잔다. 김종삼과 최승자와 기욤 아뽈리네르와 하인리히 하이네를 읽는 봄밤은 다소 슬프거나 아름답다. 열두 시간 이상 책을 읽으면 세상이 조금 만만해지기도 한다.

나는 가만히 앉아 있다가 코피를 쏟는 바람에 애인들을 놀랍게 하기도 했었다. 시를 너무 열심히 써서 코피를 쏟는구나, 라고 걱정했겠지만 아닌 거슨 아닌 거시다. 나는 사실 술을 너무나 골똘히 마시느라 고단했다. 코피의 그 찬란한 빛깔은 나도 다소 감동스러웠다.

서쪽과 북쪽을 구분하지 못하는 애인은 남쪽 사람이었다. 나보다 키가 커서 어느 날엔가는 내가 술에 취하면 업고 댕길 수 있는 사람이겠구나, 공연한 신념이 생기기도 했다. 뉴욕에 있는 대학으로 갔다. 나는 막 서러워서 김포공항 긴 의자에 앉아서 또 코피를 흘렸다. 왜 눈물보다 먼저 코피가 나는지 이해할 수 없었다.

배꽃이 피는 시절엔 습관적으로 코피가 난다. 나는 자주 말하지만, 죽을 수 없어서 일어나 앉는다. 시인이 코피 흘리다 죽을 수는 없는 거 아닌가. 나에겐 아직 부르지 못한 노래가 많이 남아 있다. 코피보다 붉고 찬란한 노래. 아무리 생각해 봐도 배꽃보다는 더 하얗게 살아야 하고 봄날보다 오래 살아남아야 한다. 이 시간에 코피가 나다니, 시바.

노을

미쿡에는 쿠퍼 유니언 미술대학이 있어요. 갑자기 생각이 났어요. 56색 왕자표 크레파스로 열심히 그림을 그리다 보면 그 들어가기 어렵다는 쿠퍼 유니언 미술대학에 입학할 수 있지 않을까… 제가 이렇게 생각하면 우리 집 창가에 맨날 오는 직박구리가 하하하 웃어요. 그래도 저는 다시 꿈을 꾸는 겁니다.

제가 어린 시절에, 이문재 시인은 장래 희망이 미쿡에 가서 대륙횡단 고물 트럭, 아니 화물 트럭 기사가 되는 거라고 말했어요. 저는 그 말이 얼마나 아름답고 놀랍게 들렸던지 하마터면 또 울 뻔했지 뭐예요.

그 옛날 굴레방다리 한성중학교로 전학을 와서 가장 경이로웠던 것은, 아현동 오르막길에 있던 외국 서적 파는 집이었습니다. 거기서 외국 사진 책을 보면 막 그런 나라에는 노을도 예쁘고 풀들도 싱싱하고 그렇잖아요. 저는 군대에 가서 그 비무장지대에서 그런 노을을 자주 봤어요. 죽고 싶더라니까요. 노을이 너무나 황홀해서 죽고 싶다니요.

그래도 저에겐 가난한 어머니가 홀로 단칸방에 살아 계셨으니까 죽으면 안 되는 거였습니다. 살아서 저 노을을 노래해야지, 저 도라지꽃과 수레국화 빛깔을 세상에 그려줘야지, 라고 생각했어요. 살아남으니까 인생은 조금 비참하기도 했지만 뭐 저는 그럭저럭 견뎌왔습니다. 살아남았으니까 쿠퍼 유니언 미술대학에 갈 수도 있고 화물트럭 조수로 살아갈 수도 있잖아요.

그리운 사람들이 많다는 말을 이렇게나 장황하게 할 수 있는 능력 주신 주님께 감사드립니다. 예수님과 부처님은 저보다 더 외롭고 고독했는데요, 뭐.

언어를
견디지
못하는
자는

탐욕과 치기밖에는 아무것도 읽히지 않는 시를 붙들고 아조 성실하고 진실한 선생스럽게 잔소리를 하자 그는 너희가 감히 나의 시를 알겠느냐 입꼬리를 말아 올리며 이렇게 말했다. 무릇 시라는 것은 사실의 재현이 아니라 진실의 재현 아니겠는가. 마음이 간절하면 얼마든지 산에서 강을 보기도 하고 강에서 산을 보기도 하는 것이다…!

나는 안 그래도 전날 마신 술이 안 깨어서 속이 불편했는데 얼마든지 토할 뻔한 시추에이션을 꾹 참고 이렇게 말했다. 원래 파란띠 옆차기는 아무도 못 말리는 법…. 사실을 재현할 줄 모르는데 진실인들 실을 수 있겠는가. 걸음마도 못 뗀 채 달리고자 하면 반드시 자빠지지 않겠는가. 내 보기에 당신은 딱 중학교 2학년 문예반 수준이오!

교과서 몇 권 읽고 와서 사방을 가르치려는 사람들 참 괴롭다. 시가 그런 것 안에 있으면 시 때문에 목매달고 죽는 놈들이 왜 생기겠는가. 언어를 견디지 못하는 자는 죽어도 시인이 되지 못한다. 무언가를 꾸며서 지어내야 한다는 욕망이 과잉을 부르고 탐욕으로 실족한다. 시에 대한 오해. 가짜들이 가짜를 생산해 내는 시절이다. 그래서 전직 시인조차 부끄럽고 괴로운 시절이고.

그러니 그대여, 부디 당신의 이야기를 하시라.

오랜만에 만났으니

더 깊고 오랜 당신의 향기와 음악을 들려다오.

당신이 지나온 길의 나무 냄새와 물소리와

구름의 몸매를 이야기해다오.

까치는
왜 울어서
나를
울리나

어머니에게 첫사랑이 왜 없겠는가. 어머니는 상주 함창에 첫사랑이 있었단다. 얼굴이 하얗고 마음씨마저 고왔던 사내. 까치가 막 소리치던 날 어머니의 첫사랑이 돌아가셨다고 하네. 새벽부터 하도 까치가 소리쳐서 우리 외할머니는 나무에다 대고 율무를 뿌리셨다나. 어머니에게 연분홍 편지를 보내던 그 사내는 왜 하필, 그 흔한 폐병쟁이였을까. 폐결핵, 이라는 단어를 보면 나는 막 슬퍼지거나 캄캄해진다. 나는 라스베이거스에서 정지용의 시를 읽으며 울었던 적이 있다.

새벽부터 까치가 막 짖어서 나는 깨어났다. 어머니는 까치가 짖는 소리를 참 싫어하셨다. 나도 까치가 소리치면 들비 귀를 막는다. 까치는 탐욕스럽게 소리친다고 나는 생각한다. 우리 집 뒤에는 야트막한 언덕이 있고 도무지 정체를 알 수 없는 군인부대가 있고 배드민턴장이 있다. 비둘기 스물두 마리와 까치 일곱 마리, 고양이네 마리와 하루살이, 착한 지렁이 세 마리도 있다. 오늘, 그 일곱 마리의 까치가 한꺼번에 울어서 나를 깨웠다. 나는 까치가 울 때마다,

어머니 생각이 나고, 어머니의 슬픔이 생각나고, 까치가 막 운 날 죽었다는 어머니 첫사랑 생각이 나고, ○○대병원에서 30년째 남의 폐만 쳐다보는 옛날 내 애인 생각이 나고, 아침부터 막 슬픈 내 생각이 난다. '까치는 왜 울어서 나를 울리나'라고 제목을 붙인다. 허무해도 할 수 없다. 어머니도, 어머니의 첫사랑도 다 이 세상에 없으니까.

위로의
전언

아무리 아픈 이별에 울던 사랑도 세월 가면 그럭저럭 잊히고 지워지더라. 아무리 아픈 실패에 울던 날들도 세월 가면 그럭저럭 실패에 길들여지며 살아지더라. 모두가 울면서 태어났지만 매 순간 그 고통을 기억하며 살지 않는 것처럼 그럭저럭 고통과 껴안으며 살아지더라. 내가 나에게 전하는 이 구슬프고 막다른 위로의 전언. 모처럼 몸을 일으키자 온 군데 아프지 않은 자리가 없다. 아아, 시바.

잊혔던
시가
기억나는 날

새벽에 멜라토닌 5밀리그램을 삼키고 간신히 잠이 들었다. 여전히 나쁜 꿈. 눈을 뜨자 창밖 대나무 이파리들 위에 젖은 눈이 당도해 있다. 나도 모르게 속으로 소년 시절 읽었던 시인 이장희의 시구절이 흘러나온다.

"이 겨울의 아침을 / 눈은 나리네 / 저 눈은 너무 희고 / 저 눈의 소리 또한 그윽하므로 / 내 이마를 숙이고 빌까 하노라…."

그래, 장미 정원 위에 쌓이는 눈을 바라보며 시를 읽던 소년이 있었지. 오늘 같은 날, 가난하고 맑은 친구와 마주 앉아 말없이 술 마시기 참 좋은 날…. 그러나 나는 고독의 근육을 어루만지며 남대문시장으로 가리라. 남대문시장 갈치찌개 골목 어귀에있는 전통찻집으로 가리라. 기꺼이 십전대보차를 마시리라. 종편 뉴스에 잔뜩 고무돼 있는 주인아주머니의 눈가 주름을 그윽이 바라보리라.

눈 내려 고요한 날, 아침부터 잊혔던 시가 기억나는 날, 슬픔에
꺾인 목뼈가 조금 덜 아픈 날….

"님이여 설운 빛이 / 그대의 입술을 물들이나니 / 그대 또한 저 눈
을 사랑하는가…" 아아, "눈은 나리어 / 우리 함께 빌 때러라."(이장
희, 「눈은 나리네」 중에서)

전국
낮술파 동맹

〈서편제〉로 잘 알려진 작가 이청준 선생 장례식장에 조문하고 온 소설가 박민규가 말했다.

"형, 소설가들 장례식장에 가면 참 쓸쓸해요. 웬만한 장례식장 분위기보다 더 황량한 기분을 느끼게 돼요. 이젠 그런 데 안 가고 싶어요."

왜 아니겠는가. 소설가뿐 아니라 모든 예술가들의 장례식장은 다 쓸쓸하다. 그가 교수, 교사, 하다못해 출판사 월급 사장도 아닌 전업 작가의 이름으로 죽으면 제곱에 제곱으로 쓸쓸하다. 고독하게 살다가 고독하게 스러지는 장면을 확인하게 된다. '조직화하지' 못하고, '조직화되지' 못한 '개인'의 죽음.

한때 떠르르했던 작가들도 한두 해 만에 잊힌다. 대단한 예술적

성취를 보인 작가들도 그가 강단이나 문단에서 제자들과 '조직화된' 추종자들을 만들어놓지 않았다면 별 볼 일 없이 잊힌다. 죽은 예술가를 추모하는 일조차 몇몇의 정치 행위에 휘둘린다. 우리나라의 수백 개 문학상 가운데 몇몇 문학상이 그렇게 맹글어지고 운영된다. '몇몇'이라고 했으니 괜히 쌍심지 돋우지 마시길.

시인은 원래 떼를 짓지 않는다는 신념으로 평생을 빨치산처럼 버텨왔으나 이제 그 생각이 다 부질없다. 설이 지나면 더 고독해지고 만만해지기 전에 전국적 조직 하나를 꼭 맹글어야겠다. 이른바 '문학 빙자 전국 낮술파 동맹'. 줄여서 '문맹'이다.

시 한 줄만 외우면 다 동맹원 자격이 주어진다. 회비 안 내고 안주빨만 세우는 사람은 그 즉시 제명이다. 호랑이처럼 용맹하게 낮술 마실 줄 아는 사람이 그립다.

고독하고
쓸쓸한
일

나뭇잎 떨어지는 소리가 막 무슨 새들이 지구에 투신하는 소리 같으다. 이 좋은 가을날 스스로 몸을 던지는 나뭇잎들을 보자니 어디선가 많이 닮은 풍경이 생각난다.

아, 맞다. 나도 나를 어디론가 힘껏 던지는 힘으로 살아남았다. 참 고독하고 쓸쓸한 일이었다.

시인은
말여,

"어이~ 젊은이!"

술에 절어서 빌빌 걸어가자 우리 동네 104평 주차장 영감님께서 저를 불러 세우셨어요. 올해 87세이십니다.

"이시카와 다쿠보쿠 알어?"

오잉? 영감님께서 그 시인을 어찌 아시지.

저는 잠시 멍청한 표정으로 영감님을 바라봤어요. 영감님께서는 저를 한 5초 정도 물끄러미 바라보시다가 말씀하셨습니다.

"시인은 말여, 맨정신으로 죽는 사람 아녀? 맨날 그렇게 취해서 살면 시인 아녀."

아이고~ 제가 시인인 걸 어찌 아셨을까요. 하지만 저는 이시카 와 다쿠보쿠보다 두 배를 더 살고 있는 거잖아요. 그래서 지지 않 고 대꾸를 했어요.

"영감님!"
"아니, 형님이라고 불러."
"네, 형님. 그런데 왜 갑자기 그 시인 말씀을 하시는 거예
　요? 그 사람은 저보다 일찍 죽었어요."

영감님께서 뭔가 결심한 표정으로 한마디를 더 하셨습니다.

"시인은 말여, 아무튼 맨정신으로 죽는 존재여. 맨날 취해
　사는 건 시인 아녀."

저는 뭐 더 할 말이 있어야 말이지요. 새벽기도 가는 중이라 고… 저 지금 새벽기도 가는 중이에요, 라고 거짓말을 했습니다. 예수님이나 부처님께서는 제가 언제나 기도하는 자세로 살고 있 다는 거슬 아시겠지요. 조금 슬펐습니다.

친절한
잔소리

불교 근본 경전으로 잘 알려져 있는 『빠알리 경전』을 가끔씩 들춰서 읽다 보면, 석가모니 부처님께서는 확실히 산전수전 다 겪고 나서 세상살이가 좀 심드렁해진 동네 형님 같은 데가 있다. 오늘은 나쁜 대기 탓에 몸이 더 나빠져서 우두커니 앉아 『빠알리 경전』을 조금 읽었는데 하필 이런 내용이었다.

무엇이 (따라서는 안 될) 재물을 탕진하는 여섯 가지 길인가? 나태함의 원인이 되며 취하게 하는 술에 빠지는 것은 재물을 탕진하는 길이다. 부적절한 시간에 길거리를 자주 배회하는 것, 구경거리를 찾아 이리저리 쏘다니는 것, 놀음에 빠져드는 것, 나쁜 친구와 사귀는 것, 게으른 습성, 이 여섯 가지는 재물을 탕진으로 이끈다.

그리고는 다시 나 같은 술꾼을 위해 친절한 잔소리를 덧붙이신다.

나태함의 원인이 되며 취하게 하는 술에 빠지는 것에 여섯 가지 위험이 있다. 재물을 잃고, 싸움에 휩쓸려 들어가기 쉽고, 병에 걸리기 쉽고, 좋은 명성을 잃고, 사나운 꼴이 드러나고, 지혜가 줄어든다.

동네서 석가모니 부처님 만나면 진짜 친하게 지냈을 텐데 참 아쉽다. 그래서 나는 석가모니 부처님 대신 걍 산전수전이나 겪으며 멍들어 사는 중생들과 어울려 어제도 오늘도 재물을 탕진해 가며 술집을 전전… 에구~ 시바.

또
이런 구절

집이 산비탈에 걸쳐 있다 보니까 지난 새벽처럼 천둥과 벼락이
치는 날엔 대단히 구체적으로 그 위력과 위엄을 실감하게 된다. 바
로 옆집 감나무에 벼락이 때리는 광경과 그 짜르륵 꽝! 하는 굉음
을 창문 하나 간격으로 지켜보고 있자면 하느님이 저러다 혹 삑사
리라도 내서 내 머리통을 박살내는 사태가 발생할까 싶어 오금이
저려온다. 실제로 나는 벼락에 대한 특정 공포까지 있어서 일기가
불순한 날엔 외출조차 못 하는 경우가 부지기수다. 괴롭고 공포스
럽다.

지난 새벽엔 거의 한 시간 동안 천둥과 벼락이 우리 집 근처를
맹폭하고 지나갔다. 나는 그때 침대에 누워서 책을 읽던 중이었
다. 평소였다면 벼락과 천둥이 지나갈 때까지 이불을 머리에 뒤집
어쓴 채 도리깨 맞은 개구리처럼 바르르 부르르 떨고 있었을 것이
다. 하지만 지난 새벽에 나는 마침 히말라야 출신의 세계적 명상

가의 책을 읽고 있었다. 거기엔 이런 구절이 있었다.

상상력이 어떤 실체를 만들어낸다. 두려움이 위험한 상황을 만들어내고, 인간은 자기가 만든 그 위험한 상황으로부터 벗어나려고 발버둥친다. 대개 위험이 두려움을 가져다준다고 생각하지만, 사실 위험을 부르는 것은 두려움이다. 상상력에서 비롯되는 가장 큰 질병은 바로 두려움이다….

이상하게도 이런 구절들을 읽고 있으려니 사나운 벼락과 천둥이 집 안에 있는 내게 아무런 위험을 불러오지 않을 것이라는 안심이 나를 어루만졌다. 지극히 당연한 것을 왜곡하고 과장하는 것이 공포증일 테지만, 책 몇 줄에 확연히 공포와 불안이 극복될 수 있다는 경험은 더 놀라운 이적이 아닐 것인가.

흔히 그 사람이 먹는 음식이 곧 그 사람이다, 라는 말을 한다. 그래서 나는 술과 라면과 시래기가 팔 할인 사람이 되었다. 마찬가지로 나는 이렇게 말하련다. 그가 읽는 책이 곧 그 사람이다! 영혼과 양심에 어떠한 언어와 성찰을 파종하는가에 따라서 곧 그 사람의 품위가, 인격이 정해진다고 나는 믿는다.

그리운
삼류

나는 '삼류 트로트 통속 연애시인'을 자처했다. 나의 삼류가 시인을 구속하는 것인지 연애를 구속하는 것인지 통속과 트로트를 구속하는 것인지 사람들은 관심을 가지지 않았다. 내가 삼류라고 말하자 그냥 삼류라고 믿어주었다. 믿음이 강한 사람들이었다. 내가 삼류여서 퍽 안심하는 눈치였다. 그들 대부분은 일류도 이류도 삼류도 아닌 아류들이었다. 나는 참 속으로 그들을 몹시도 측은히 여기면서 경멸했다. 그것은 나의 소극적 유희였다. 나는 세상의 아류들과 한참을 잘 놀았다.

내가 삼류를 자처하자 어디에나 있는 흔한 사람들이 맨 먼저 나를 야유하기 시작했다. 어디에나 있는 무식하고 무례한 사람들이 조롱하기 시작했다. 어디에나 있는 바보들이 나를 질시하기 시작했다. 너 삼류라며? 그러나 그들은 죽도록 삼류에도 미치지 못하는 사람들이었다. 어딘가에 죽도록 낑기고 싶지만 낑기는 데 늘 실패하는 사람들이었다.

　나는 착하게 웃어주었을 뿐이었다. 죽도록 낑기고 싶은데 낑기지 못하는 사람들에게 힘을 빼는 것보다는 술을 마시는 편이 한결 겸손해 보일 것 같았다. 나는 애인들과 술을 마셨다. 다행히도 내 애인들은 대부분 어딘가에 낑길 필요 없는 일류들이었다.

　내가 삼류를 자처하자 내가 쓴 시조차 삼류라고 믿는 사람들이 생겨나기 시작했다. 그들은 나의 시를 읽지 않은 사람들이었다. 세상의 시가 고등학교 교과서에만 존재한다고 믿는 사람들조차 나의 시가 삼류라고 주장했다. 사람이 삼류면 시조차 삼류여야 한다고 부르짖으며 정히 답답한 날은 울부짖기까지 했다. 사람이, 삼류면, 시도, 당연히, 삼류여야 맞잖아아~! 그런 거잖아아~! 그들은 쉽게 떼를 지어서 몸부림을 치는 것 같았다. 나는 그래도 잘 놀아주었다. 세상엔 딱히 놀 만한 일도 잘 생겨나 주지 않는 것이다.

　나는 세상에 와서 외로울 때 외롭다고 표현하는 일류들을 보지 못했다. 일류는 외로움을 다른 언어로 이해하는 사람들이었다. 일류는 최소한 자기 안의 외로움에게 독립된 주소지를 부여하는 사람들이 아니었다. 그런 것에 깃들어서 영혼을 축내는 사람들이 아니었다. 맨날 외로움에 지고, 슬픔에 지고, 그리움에 지고, 상처에

지는 삼류와는 다른 사람들이었다. 나는 그런 애인들과 술 마실 수 있어서 퍽 다행이라고 생각한다. 내가 술자리에서 그들을 버려두고 돌아서도 그들은 울지 않을 것이다. 가면서 우는 건 언제나 나니까 뭐.

시인을 자퇴하고 나자 이젠 삼류만 남았다. 뽕짝도 통속도 연애도 다 지워져 버렸다. 삼류 동네 술꾼, 삼류 동네 주정뱅이로 떠도는 일은 삼류의 긍지와 보람을 유지하게 하는 평화로운 행태다. 그런데 여전히 어딘가 끼기고 싶어 하면서 죽도록 끼기지 못하는 아류들이 깔그친다. 시끄러운데 들을 말이 없으니 아류라는 것을 그들은 깨닫지 못한다. 아류는 그래서 나를 슬프게 한다.

누구나 알다시피 일류는 세상을 바꾸는 사람들일 가능성이 높다. 이류는 세상을 지탱하는 사람들이다. 삼류는, 세상의 위로가 되는 사람들이다. 가장 만만한 자리에서 누구에게나 이웃이 되고 시다바리가 되고 삐에로가 되고 빵 셔틀이 되고 함부로 버림받는 가장이 되고 버림받는 애인이 되고 버림받는 선의와 호의가 되는 사람들이다. 유치하게도, 외로울 때 외로워서 죽을 수도 있는 사람들이다.

그러니까 죽도록 어딘가 끼기고 싶은데 끼기지 못하는 아류들 따위와는 비교 자체가 되지 않는다. 세상엔 어떠한 정직한 정체성도 없이 소음과 오물만 지어내는 아류들이 넘쳐난다. 측은하게도, 스스로를 일류라 믿는 자들 가운데 아류 아닌 자들이 드물다. 삼류의 순정과 순수를 오독하고 모독하는 자들은 세상의 심각한 오염원이다. 그거슬 알아야 한다. 지옥의 한가운데는 위선자들과 돌대가리들과 아류들이 살고 있다고 성경에 적혀 있다.

김수영

우리나라 시인들은 다 김수영의 밥을 얻어먹고 자랐다.

2장

이왕이면 힘껏,

인생을 바꾸고 싶다고 말한다
어제와 똑같이 살면서
세상을 바꾸고 싶다고 말한다
아무것도 하지 않으면서

월요일

월요일은 슬프지. 월요일은 달을 새겨 넣은 날이다. 놀랍다. 전 세계 공통이다. 월요일은 원래 다 슬픈 거시다. 막 쓸쓸하고 외롭고 고단하고 막…

막막한 거시다.

달이 원래 그렇다. 나는 낭만주의자여서 뭔가를 설명하는 짓을 경멸한다. 그래서 달에 대해서, 설명하지 않겠다. 전직 시인답게 단 한마디할 수는 있겠지. 월요일은 하느님의 실수다. 예수님도 부처님도 월요일을 슬퍼했다는 기록이 막 넘쳐난다. 월요일 아침에 주간 회의하는 회사는 결국 다 망한다. 진짜다.

제 힘껏
살아내다

　참 못생긴 사과 세 알. 어머니 돌아가시고 그 텃밭에 한 그루 남겨져 있던 사과나무에서 열린 사과란다. 충주 큰누나가 발견하곤 그걸 따서 다른 채소들과 함께 보내왔다. 가슴이 시큰해진다.

　사과가 열리리라는 기대 없이 그냥 꽃을 좋아하는 어머니 보시라고 아주 작은 사과나무를 심었었다. 사과는 사람 손이 가지 않으면 먹을 만한 열매까지 자라지 않는다. 그렇게 길들여졌다. 저 사과는, 아무도 돌보지 않는 나날 동안 혼자서 꽃을 피우고, 혼자서 비를 맞고, 혼자서 햇볕을 견딘 나무가 키워낸 것이다. 그 옛날 과부 어머니가 키운 우리 남매들처럼 야위고 버즘이 피고 못생겼다.

　그러나 저 사과들은 어쩐지, 사람 따위에게 팔리지 않겠다는 아주 앙다문 지조와 자존감으로 똘똘 뭉쳐 있는 정신이 보이는 것 같다. 그냥 저에게 주어진 대로, 운명의 자궁에서 놓여난 대로, 누구의 의지에도 섞이는 법 없이 제 힘껏 살아내겠다는 정신.

어머니가 우리를 그렇게 키웠을 것이다. 스스로 충만하게 제 삶을 살아내라고. 남에게 팔리면서 결국 스스로 시들어가는 인생을 살지 말라고. 고요히 스스로 평화롭고 거룩하라고.

못생긴 사과 세 알을 앞에 두고서 문득 부끄러워지는 아침이네. 자꾸만 세상에 뭔가를 더 팔지 못해서 스스로를 비틀고 물구나무서는 인생은 참 추하지 아니한가. 먼 데서 오는 구원을 위해 자기 내부의 의지에 귀 기울이지 않는 인생은 공허하지 아니한가.

겨우 못생긴 사과 세 알 앞에 두고서 이렇게 진지하면 반칙이지 아니한가.

밥심으로

  방금 전에 들비랑 산책하러 나가는데 공원 앞 공사장에서 일하시는 아저씨께서 작업복 차림으로 막 달려오시더니 막 반갑게 인사를 하시길래 나도 막 반갑게 인사를 하였다. 초면이었다. 방송 잘 보고 있슈~.

     '으으, 이러면 무조건 연예인 포스로 착한 척해야 하는
     건데…'

  아저씨가 갑자기 휴대폰을 내밀었다. 나는 순간, 기념사진 찍자는 건가? 자기가 걍 찍으면 될 텐데, 왜? 앞으론 동네 나올 때도 반드시 목욕재계 후 정장 착복 후 들비 빗질 후 개진해야겠고나… 등등 별생각들이 다 덤벼들었다. 그런데,

  아저씨는, 제 아들이 고3인데 이번에 뭔 대학에 떨어졌대유. 시

인님처럼 '훌륭하신' 분께서 뭔가 위로의 메시지 한마디만 써주시면 그보다 영광이 없겠구먼유… 이러시는 거였다.

아아,
나는 그 아저씨에게 눈 한 번을 맞추지 못한 채 부끄럽게 부끄럽게 메시지를 남겼다.

> 아들아, 부디 밥 마이 먹고 댕겨라.
> 사람은 모름지기 밥심으로 버티고, 밥심으로 베풀고,
> 밥심으로 세상을 바꾸는 것이다.
>
> 동네 아저씨 류근

아저씨는 뭔가 기대에 어긋난 듯 고개를 갸웃거리며, 그러면서도 한편 고맙고 행복한 표정으로 다시 공사장으로 돌아가셨다. 나는 공원에도 못 가고 걍 돌아와 시래깃국을 끓인다. 밥심으로, 밥심으로 한세상 버티기 위해. 하루 더 살아남기 위해, 아아.

동네 바보
술꾼

　머리카락의 영혼이 다 빠져나가서 작년에 팔지 못한 지푸라기처럼 푸석푸석 부서지기 직전의 상태. 얼굴 피부마저 기름기 쪼옥 빠져서 아우슈비츠 동포들을 떠올리게 하는 참상. 거울을 보며 울고 있다가 이대론 안 되겠다 싶어서 인터넷 검색을 해보니까 코코넛 오일을 바르면 도움이 된다고 나와 있다.

　주방에 용케 남아 있는 코코넛 오일을 그 옛날 우리 아버지 머리에 포마드 바르듯 척척 발랐다. 머리에도 바르고 얼굴에도 바르고, 왼손으로도 바르고 오른손으로도 바르고 양손으로도 발랐다. 금방 머리카락과 얼굴에 기름기의 광채가 휘몰아쳤다. 아아, 진작에 이런 방법을 쓸걸~! 그리곤 스스로 흡족해서 룰루랄라 혼자 노닐었다.

　얼마 후 들비랑 산책하려고 엘리베이터를 타려는데 벌컥 문이

열리는 순간 앞집 발레리나 처녀가 내리다가 우리를 보곤,

"어머낫~!"

하면서 혼비백산 발레 자세로 자빠지려는 것이었다. 엉? 들비랑 한두 번 본 사이도 아니면서 뭘 저렇게 놀라는 거지? 나는 좀 어이가 없었지만 한껏 예의를 갖춰서… "아, 우리 들비 땜에 놀라셨어요? 공연히 미안합니다."

그러자 발레리나 처녀는 "아뇨, 그 그게 아니라… 그게 아니라…"하면서 붉어진 얼굴로 집으로 덜컹 들어가 버리는 것이었다. 이거 뭐지?

내심 좀 불쾌한 심정이 돼서 엘리베이터에 올라 거울을 보는 순간, 어머낫~!!!

머리에 떡칠을 해서 양 갈래로 뿔 두 개를 세운 동네 바보 술꾼 하나가 번들번들 기름기를 휘두르며 늠름하게 서 있었다. 아이고~ 시바.

길상사
꽃무릇

페친들이 길상사 꽃무릇 자랑을 하도 하길래 구름처럼 댕겨왔다. 꽃무릇은 이제 거의 끝물이었고 대신 나이 든 보살들이 여기저기 소풍 온 소녀들처럼 화사했다. 여인들은 늙으나 젊으나 모여 있으면 즐거운 풍경이 된다. 길상사는 사람의 선한 영향력이 얼마나 맑고 향기로운 그늘을 지을 수 있는지 늘 생각게 한다.

스님 한 분이 올라오시는 게 보여서 공손히 합장을 했더니 손에 들었던 뭔가를 냉큼 건네주곤 하하, 웃으며 지나가신다. 내가 열네 시간 다이어트 중이어서 빈속인 걸 어찌 아시고 떡 한 덩어리를 주고 가신 거시다. 그거 받고서 막 감동하고 있는 동네 바보.

북악스카이웨이를 지나서 작년 추석에 문재인 대통령 내외가 장보러 갔던 인왕시장에 들러 40년 전통 3,500원짜리 잔치국수

를 먹었다. 꽃 보고 떡 먹고 국수까지 먹었으니 나도 오늘은 영락
없는 중 아니신가. 그것도 행복한 중.

심야
영화

어젯밤엔 외로움에 울다 떨다 지쳐서 심야 영화를 보러 갔다. 동네 술꾼답게 삼선 추리닝 바람으로 갔다. 영화관에 들어가자 그 큰 객석에 관객이 딱 나 하나뿐이었다. 외로워서 막 더 울음과 떨음이 복받쳤다. 누워서 눈감고 봐야 하나… 나 하나를 두고서 장장 15분간이나 광고를 해대는 영화관의 친절에 부르르 감동받다가 빠직, 뒤를 돌아보니까 오오오~ 검은 외투를 입으신 중년의 아주머니 한 분이 다소곳이 앉아 계시는 것이었다.

혼자가 아니라는 것에 안심이 된 나는 그제서야 울음과 떨음을 그치고 막 시작한 영화에 시선을 집중하였다. 1분이었다. 정확히 1분이 지나자 객석이 돌연 서라운드 입체 돌비 시스템으로 전환하기 시작했다. 영화는 드라마였는데 아주머니께서 탱크 한 대를 몰고 들어오셔서 마구 실내를 초토화시키는 중이었다.

"드르렁 드르렁 푸푸~."

나는 더 몹시 외로워져서 호올로 하염없이 울다 떨다… 아아,
시바!

일상성의
위대함

뭐니 뭐니 해도 SNS의 미덕은 자신의 일상을 굳건히 지키면서 거기서 벌어지고 느껴지고 만져지는 경험들을 서로에게 나누는 것에 있는 것 같습니다.

초딩 아들이 여친에게 차여서 울었다는 이야기, 올해 마늘 농사가 잘되었다는 이야기, 장날 짜장면 먹으러 갔다가 고딩 때 담임 선생님을 우연히 만나서 울었다는 이야기, 여기 미쿡인데 고추장을 담궜다는 이야기, 목사님이 새장가를 갔다는 이야기, 오늘 눈화장 잘됐냐고 좀 봐달라는 이야기, 김주대 님한테 시집가고 싶은데 전번 좀 알려달라는 이야기, 아, 이건 빼고….

자기 삶이 빠진 채 정치적 이슈에만 골몰하는 포스팅은 어쩐지 공허하고 과잉돼 보입니다. 우리가 그동안 나쁜 놈들한테 하도 당해서 어쩔 수 없게 되었다는 사정이 있긴 합니다만, 그래도 언제나 자기 자리에서 세상을 바라보았으면 좋겠습니다.

중심이 없으면, 자기 성찰이 없으면 결국 외로워집니다. 정치는, 하는 놈이나 보는 놈이나 중독입니다. 늘 안전거리를 확보해야 합니다. 정치 뉴스에 접속하는 시간이 길수록 영혼은 피폐해지고 천박해지기 십상입니다. 정치 뉴스의 속성이 그렇습니다.

SNS에서, 사소하고 소소하고 작은 이야기하시는 분들 참 아름답고 귀합니다. 제가 겪지 못하고 알지 못하는 세상 보여주시는 분들 참 고맙고 따뜻합니다. 세상이 아무리 지랄 같아도 결국 그 세상 살아내고 이겨낼 사람 오직 '나'밖에 없습니다. 결론은,

제가 동네에서 낮술 먹고 헤맸다는 이야기, 옛날 애인에게 조낸 차이고 나서 흑흑 울면서 라면 먹었다는 이야기가 아조 훌륭한 포스팅이라는 말씀을 쿨릭, 드리는 거십니다. 그러니까 모두들 맛점하시고, 언제나처럼 왕성하게 먹방 사진 올려주시기 바랍니다. 사랑합니다.

무게를 버리고
걸음을 늦추고

나는 자꾸만 설명하려 든다. 이 난처하고도 치렁치렁한 강박과 불안.

인도에 처음 갔을 때 나는 아주 무거운 여행자였다. 25년 전이었다. 배낭 속엔 팩 소주 한 박스가 들어 있었다. 온갖 필요할 성싶은 것들이 잔뜩, 질식할 만큼 꽉꽉 쟁여져 있는 배낭을 메고도 내 양손엔 O라면 한 박스, 인도식 가스통 하나가 들려져 있었다. 피가 통하지 않아서 팔이 시커멓게 죽을 지경이었다. 여행에 대한 내 불안의 무게였을 터.

걸음은 또 어떠했던가. 나는 육군 이등병의 속도로 걸었다. 누군가에게 쫓기기라도 하듯, 지도와 지도 사이에서 시속 6킬로미터를 유지했다. 헉헉대며 씩씩거리며 비 오듯 땀을 흘리며 나는 질주했다. 이거 뭐지? 경치고 풍경이고 사람이고 구름이고 뭐고 볼 겨를

이 없었다. 미리 계획한 목적지로 이동하기 위해 허둥거렸다. 이거
뭐지?

배낭의 무게가 줄어들고 걸음의 속도가 늦춰지면서 비로소 나
의 여행이 시작되었다. 줄어들고 늦춰지는 만큼 여행은 나를 받
아들였다. 얼마나 불필요한 것들을 믿으며 살아왔는지, 얼마나
과잉한 것들에 의지하면서 살아왔는지 깨닫는 여정이었다. 나는
점점 더 남에게 주거나 버리는 데 익숙해졌다. 행색이 거지꼴에 가
까워질수록 내 표정은 맑아졌다. 가난이 주는 평화와 기쁨.

나는 사실 죽자는 심정으로 인도에 간 것이었는데 몇 개월 거
지꼴로 떠돌다 보니까 굳이 죽는 것조차 불필요하게 느껴졌다. 불
필요한 짓을 하는 것은 사치였으니까 나는 죽는 게 하찮고 부끄럽
게 여겨졌다. 가난도 뭐 이만하면 꽤 쓸 만한 거 같았으니까 나는
마지막 한 닢의 동전이 사라지는 순간 서울행 비행기에 오를 수
있었다. 안 죽고 그냥 가난하게 살아도 되는 거였다.

지금 나는 다시 팔이 시커멓게 죽을 만큼 무거운 배낭을 메고
시속 6킬로미터의 이등병 걸음을 걷는 사람이 되어 있다. 무거워
서 끙끙거리고, 숨이 가빠서 헉헉거린다. 여행에서 얻었던 평화와
기쁨을 다 잃었다. 어디에서나 거지꼴 여행자로 맑고 가난하게 살
아도 괜찮으리라 믿었던 내 성찰이 다 분질러졌다. 이거 뭐지?

　무게를 버리고 걸음을 늦춰야 한다. 여행지에서 집을 짓는 바보처럼 살 수는 없는 일이다. 구름처럼 티끌처럼 한 계절 왔다가는 풀꽃처럼 살아야 한다. 나는 자꾸만 설명하려 든다. 이 난처하고도 치렁치렁한 강박과 불안. 너무 나쁘게 멀리 왔다.

텃밭

　금주 기념으로 친구의 가평 텃밭에 댕겨왔다. 친구는 건강이 안 좋아져서 투병 중인데 액면으로 봐선 나보다 백배는 건강해 보인다. 낙관과 긍정은 사소한 접촉 사고 한 번 없이 행성을 운행하시는 하느님의 마음일 터이니 그 마음을 살아내는 것이야말로 모든 치유의 근본이 아닐 것인가.

　게으른 농부의 텃밭은 본의 아닌 자연 농법 농장이어서 농약이나 화학 비료 염려 없이 아무 때나 뜯어먹을 수가 있다는 미덕이 있다. 나는 갖가지 쌈 채소들을 1년어치나 약탈해 왔다. 새벽 배송의 고단한 채소들보다 확실히 튼튼하고 당당한 맛과 향기.

그래도 나는 살아내리라.

거미줄이라도 붙들고서.

이왕이면 힘껏,

왜
안 슬퍼?

인도에 갔더니 갠지스강변의 그 사원 앞에, 24시간 동안 우는 남자가 있었다. 이걸 믿어? 나는 하도 이게 웃기고 재밌어서 그랑 친구가 되기로 결심했다. 진짜 24시간 동안 운다고?

"너는 왜 우니?"

라고 내가 물었다. 물론 우리나라 중학교 1학년 3월 20일의 영어였다. 너는 왜 우니? 오히려 내가 울 지경이 되어서 물어봤다. 그는 아주 근엄하게 울면서 대답…
하지 않고 계속 울기만 하는 거시었다. 아이고~.

또 물어봤다.

"도대체! 너는 왜 우냐고!"

그는 드디어 아조 슬프고도 간단한 영어로 대답했다.

　　　"왜 안 슬퍼?"

요즘엔 내가 그 갠지스강변에서 24시간 우는 놈처럼 대답하고 싶으네.

왜 안 슬퍼?

왜 안 슬퍼?

허공에
헛손질

내가 아조 소싯적에, 빨간 니꾸사꾸 하나 달랑 메고 조국을 등졌을 때 태국의 허름한 바닷가 여인숙에서 만난 여행자 한 사람이 기억난다. 배낭족들 사이에서 '남이 아저씨'라 불리었던 그는 22년째 세계를 떠돌고 있다는 한국인 여행자였는데 외모가 과연 가수 이남이 아저씨와 많이 닮아 있었다. 배낭족들의 우상 같았던 그 곁에는 늘 사람들이 붐벼났다.

22년째 세계를 떠돌고 있을 뿐 아니라 22년째 조국의 땅을 밟지 않았다는 사실이 신기해서 나 또한 그의 이력에 퍽 흥미가 당겼다. 당시 내 생각으론 여권 갱신, 비자 갱신, 국적 등등의 문제도 걸렸을 뿐 아니라 무엇보다도 여행 비용을 어떻게 감당하는가 하는 게 가장 큰 관심사였다. 행색을 보아하니 조국에 거부를 이룬 스폰서가 있어서 꼬박꼬박 여행 경비를 후원해 줄 성싶지도 않았다. 그는 오래된 여행자답게 조금은 노쇠해 있었고, 쇠락해 있었고, 무엇보다 마음 씀씀이보다 쓰는 돈이 박했다.

궁금증을 견디지 못하고 결국 내가 아조 속물처럼 돈 문제를 물었을 때 그는 아무렇지도 않게 대답했다.

"나한테 손이 있잖아~!"

처음에 나는 그 말이 무슨 뜻인지 알지 못했으나 곧 그것이 기술을 말하는 것이라는 걸 알 수 있었다. 그는 소위 '노가다'가 갖출 수 있는 모든 기능을 다 가지고 있어서 미장이, 목수, 조적, 철근, 잡일까지 다 해낼 수 있었으며, 돈이 필요할 때마다 현지의 공사장 같은 데 취업해서 돈을 벌었다고 했다. 돈이 생기면 여행하고, 돈이 떨어지면 일하고….

아, 그때의 경외감이라니! 나는 그가 새삼 우러러 보이기 시작하면서 동시에 나의 흰 손이 저주스러워지기 시작했다. 겨우 펜이나 잡고, 술잔이나 잡고, 돌아서는 여인의 치맛자락에나 매달릴 줄 아는 나의 흰 손… 백날을 휘저어도 여행 경비 한 푼을 벌지 못하는 캄캄한 흰 손… 무능하고 뻔뻔한 흰 손… 나는 결국 그날 나의 흰 손을 버리기로 결심,

하지 못한 채 지금까지 허공에 헛손질만 일삼고 있다. 아니, 술

잔이나 굳게 잡으며 생애를 허물고 있다. 더 늦기 전에 나도 어서 미장이, 목수, 조적, 철근, 잡일의 기술을 익혀서 다시 여행자가 되어볼까. 빨간 니꾸사꾸 하나 메고서 국경을 넘어볼까. 그 전에 일단, 사흘째 껌뻑거리는 저 형광등은 누굴 불러서 해결해야 하나. 아아, 시바.

중복

태국에 가면 특유의 냄새가 난다. 어디에서나 한결같이 비슷한 냄새가 난다. 외국인들이 우리나라에 와도 뭔가 특유의 냄새를 느낄까? 나는 태국에 가면 공항에서부터 느껴지는 그 냄새가 처음엔 잘 적응이 되지 않았다. 그런데 어느 순간부터는 그 냄새가 그리워서 더 태국엘 가고 싶어지기도 했다.

오늘 오후에 간신히 샤워를 하고 수건을 꺼내서 얼굴의 물기를 닦는데 수건에서 익숙한 냄새가 훅 느껴졌다. 태국에서 맡던 딱 그 냄새였다. 죽순 냄새 같기도 하고 오래 묵은 나무 냄새 같기도 하고 습기가 몸을 비트는 냄새 같기도 한 바로 그 냄새. 날이 더워지니까 수건이 알아서 열대의 냄새를 품고 있다가 후각을 자극하는 것 같았다.

태국 냄새는 사람을 좀 안심시키는 데가 있다. 느릿느릿 평화로워진다. 태국 유행가조차 70년대 시골 정서를 불러일으킨다. 나는 완행버스를 타고 게으르게 태국의 아무 동네나 여행하는 것이 좋았다. 영어를 한마디도 할 줄 모르는 사람들과 하루 종일 웃으며 떠들 수도 있었다. 사람들은 순박하고 잘 웃었다. 우리보다 경제적으로 못산다고 하는데 뭐 내 눈엔 우리보다 다 부유해 보였다. 속내가 어찌 되었든 맨날 웃는 사람들이 더 부자지 뭐.

내 후배 계숙이는 방콕에 가서 호캉스 즐기는 것이 인생의 낙인데 요즘 코로나19 때문에 그걸 못해서 불행해한다. 나라를 벗어나지 못해서 불행한 것은 나도 마찬가지다. 수건에서 모처럼 태국 냄새를 맡고 나니까 막 뛰어서라도 태국에 가고 싶다. 라차다 쏩젯 와따나맨션 매점에서 파는 700원짜리 쌀국수가 너무 먹고 싶다. 미얀마 국경 근처에서 파는 똠얌꿍 한 냄비 먹으면 힘이 좀 날 것도 같다. 아무 데나 있는 사원에 들어가서 부처님한테 인사라도 하고 나면 마음이 좀 가벼워질 것 같다.

그러나 오늘은 들비 냄새만 자욱한 중복이로고나. 들비 저 지즈배는 날이 이렇게 더운데 씻지도 않고 맨날 개비린내나 안겨주고… 그래도 하루 종일 더위에 축 처져 있는 들비랑 중복 기념으로 라면에 계란 두 개 풀어서 나눠먹어야겠다. 태국 냄새나는 수건을 목에 두르고 땀 뻘뻘 흘리면서.

주린
영혼

일요일이 다 가는 소리가 들리는데 이 시간에 배가 고프다. 다행이다. 배가 고프다니… 이 결핍의 느낌은 아름답고나. 결핍을 극복하기 위해서 나는 나의 가장 순결한 창의력을 발휘하여 무엇이든 먹이를 맹글어야지.

아까 낮에는 다시마물 30퍼센트, 방울토마토 4개, 말린 표고버섯 1개를 넣어서 '아뜨거 O라면'을 끓여먹었다. 하느님 보시기에 좋았다. 나도 좋았다. 그러니 이제 나는 일요일 저녁의 요리를 베풀어야지. 나의 아름다운 결핍과 주린 영혼을 위해.

그나저나 뭘 먹어야 성령의 불길이 마구 치솟아 은혜의 바다에 다다를 수 있을 거신가. 하루에 라면을 두 번 먹는 것은 라면에 대한 예의가 아니다. 그러므로 나는 울면서 마속을 참하는 심정으로 라면을 접고 새로운 먹이를 궁구하여야 한다. 현재 내가 가

진 재료: 콩나물 반 봉다리, 방울토마토 24개, 말린 표고버섯 7개, 두부 1/4모, 늙은 호박 1개, 우울 2만 근, 근심 3만 근…

그리고 류근 한 토막, 들비 한 병.

다람살라

유명한 소주 회사 댕기다가 별안간 낮술 마시고 나서 회사를 관뒀다. 낮술을 묵묵히 마시다가 후배들에게 말했다. 시인이 문학 배워서 거짓말이나 일삼아서야 쓰겠는가. 회사는 부도 직전이었는데 나는 다 알면서도 맨날 우리 회사 괜찮다고 거짓말을 했다. 글을 참 잘 썼다. 1997년이었다. 내가 관두고 나서 회사도 부도가 나고 나라도 부도가 났다. 그 유명한 IMF.

이력서 받아주는 데가 없더라. 심지어는 학교 선배가 소개한 성남 근처 가구 회사에도 이력서 들고 간 적이 있다. 사장과 직원 두 명 있는 가구점이었다. 거기서도 떨…어졌다고 말하면 좀 슬프다. 사장이 내 이력서를 보더니 한숨을 푹 쉬면서 낮술이나 한잔하자고 했다. 그 가구점에 취직하기엔 내가 좀 쎄다는 거였다. 우리는 처음 만난 사이답게 조낸 취했다. 세상이 참 개판이야~ 이래가면서.

재형저축도 깨고 보험도 깨고 애인한테 삥까지 뜯어서 인도에 갔다. 어차피 죽도 밥도 안 되는 거 인도에나 가서 죽자는 심정이었다. 라면 한 박스, 팩 소주 한 박스를 짊어지고 댕겼다. 한 개도 안 외로웠다. 하루 1,500원짜리 여인숙을 전전했다. 낮은 39도, 밤은 41도였다. 갠지스강변 마을이었다. 반딧불이가 놀아주는 저녁이 자주 왔다. 프랑스에서 온 청년과 달나라 언어로 노래하고 막 그랬다. 폴란드 할머니는 하루 종일 해시시에 취해 있었다.

그때는 참 젊기도 했는데, 유감스럽게도 죽을 거 같더라. 너무 더워서 잠을 못 자는 날들이 오래갔다. 하루 종일 몽롱했다. 먹는 것도 오죽했을까. 라면마저 다 떨어진 객지. 표정은 한없이 아름다웠으나 몸은 빌빌 병이 드는 것 같았다. 어떤 요가 선생이 나한테, 너는 그러다가 죽을지도 몰라… 라고 말했다. 나는 뭐 죽으려고 인도에 왔….

　　"너 그러지 말고 다람살라 같은 데 가면 어떻겠니? 거긴
　　비도 온다."

비가 온다고? 나는 두말하지 않고 길을 나섰다. 딱 24시간 걸려서 다람살라의 아침에 도착했다. 아아, 24시간 밖에 그토록 아름다운 가을이 당도해 있었다. 다람살라엔 그러니까 달라이 라마도 계시고 티베트 망명 정부도 있고 국수도 있고 무엇보다도 술을

팔았다. 아아, 아아, 아아,

지금 생각해도 감격이 넘치네. 그러니까 오늘은 여기까지만 쓰련다. 내가 다람살라에서 티베트 고승을 만나서 축지법과 장풍과 공중 부양을 익혔다는 비밀에 대해서 더 말을 이어가면 가뜩이나 우울한 동포들이 얼마나 더,

자꾸 말하다가 황당해지면 OOO가 이력서 들고 오라고 할지도 모르겠다. 그러니까 인도 얘긴 나중에 다시 하기로. 참고로, 다람살라 청전 스님은 7사단 출신이다. 나도 7사단 출신이다. 스님께서 칼국수랑 멸치볶음에 김치까지 담가서 7사단 후배 왔다고 막 배불리 먹여주시던 오후가 손에 잡힐 듯. 나는 그때 그 칼국수 먹고 지금까지 살아남았다.

소주
한 병만
더 주세요

친구가 그리워서 전화하면 친구는 당연히 오후에 약속이 있고, 애인과 선배와 후배는 당연히 머나먼 성좌에 있다. 나는 호올로 호젓이 젖는 선인장처럼 별로 아플 것도 없는 가을비를 바라보며 술집 간판 아래로 허리를 굽힌다. 맨정신으로 돌아가면 사는 게 사는 건가. 나는 슬픔에 푹 잠긴 목소리로 이렇게 말하고 싶은 거신가. 아주머니, 여기 소주 한 병만 더 주세요.

나만 빼놓고 세상은 참 잘들 돌아가는 거신가. 날마다 패배하고 실패하고 멸망하는 삶을 물끄러미 바라보는 일은 나에게도 큰 용기가 필요한 일일 것이나 나는 뭐 꽤 괜찮다. 아직까지 한 번도 죽지 않았다는 것은 하느님이 이 땅을 이토록 사랑하사 독생자를 주신 것만큼의 복음이 아니고 무엇이랴. 아아, 엘리 엘리⋯.

오늘은 신사동 뒷골목에서 딱 외롭기 직전까지만 취하겠다. 그래야 외로운 사람들의 목소리가 들릴 테니까. 나는 나보다 더 외로운 사람들의 이야기를 들으며 끝내 울고 말리라. 오늘은 마침 집에 돌아가기 좋은 날이고, 비도 잿빛 몸매를 펄럭이며 내 어깨를 짚는 거니까. 슬픔이 슬픔을 불러다가 더 깊은 마음을 보여줄 테니까. 나 혼자 울며 취할 거니까.

밤새 지리산 빗소리에 시달렸다.

비틀비틀 악양 '커피소녀'에 당도하자

자동으로 라면이 끓기 시작한다.

뭐 이만하면 됐다.

예수님이 부활하신 것도

다 라면 한 젓가락 함께 나누자는 뜻 아니겠나.

여긴 아직도 비가 온다.

눈물겹다.

나보다
더 불행한
나에게

25일 금주하고 14일 정도 밀가루 음식을 먹지 않았다. 정신은 맑아지고 몸은 투명해져서 곧 공중 부양이 가능할 것 같았다. 해마다 이 무렵이면 한 달가량 금주하면서 간에게 도망칠 시간을 주었다. 이번 6월엔 일이 많았다. 견디느라 매우 힘이 들었다. 그러나 역시 술에 취하기보단 맨정신일 때 맷집이 강해진다는 것을 깨달았다.

술에 취하는 건 세상한테 지는 방법이다. 나는 그것을 너무나 잘 알면서도 술에 취한다. 세상과 승부하는 내가 부끄러워서 나는 술기운으로 낯빛을 바꾼 채 위선과 위악의 금을 밟는다. 그렇게 통음의 나날을 며칠 헤매다 돌아오면 현실은 여전히 불안하고 불운하고 불행할 뿐, 어쩌면 며칠의 암전만큼 더 나빠졌거나 모호해졌을 뿐.

술병이 나서 울고 있다는 변명을 이렇게 구차하게 할 수 있다는 것은 내가 아조 탁월한 동네 술꾼이라는 뜻이다. 불안과 우울과 권태의 지병을 앓으며 나는 참 멀리도 살아왔고나. 나는 이제 나보다 더 불행한 나에게 뜨거운 국을 끓여 맑은 해장을 권해야지. 나는 항상 나보다 멀리 가고 높이 가고 깊이 가느라 병들고 상처받았다. 부질없는 꿈이었다.

들숨과
날숨 사이

아침에 일어나서 페이스북 한 바퀴 둘러보는 게 마치 아침에 일어나서 자전거 타고 동네 한 바퀴 휑하니 둘러보고 오는 것 같다. 미국 버지니아의 저녁놀도 보이고, 전남 장흥의 바다 빛깔도 보이고, 경북 안동의 아침 밥상도 보이고, 성북동의 조각 작품도 보이고, 강원도 정선의 오디 농사도 보이고, 프랑스 니스의 강아지들도 보인다. 다들 무사히 이 시간을 살아 있구나.

문득 또 눈물겨워져서 자전거 페달을 밟으면 어떤 판사는 (어떤) 나라 걱정하느라 이상한 판결을 했다고 하고, 또 어떤 신문사는 그 판사가 참 옳다고 편을 들고, 또 어떤 신문사는 그 판사가 어느 나라 판사냐고 되묻고, 지난 저녁 대구에선 우리가 사랑하던 시인이 하늘의 별이 되었고, 수원에 사는 페친께선 요양보호사 시험에 응시 접수를 했고, 충주 사는 페친 애인은 남편과 아들 자랑을 하고, 페친 교수님은 우리나라 백신접종시스템에 박수를 보내시고….

세상은 크고 작은 일들이 모여서 결국 지구를 돌리고 태양계를 돌리고 은하계를 돌리고 우주를 돌리는 일 아니겠나. 아침에 일어나 자전거 바퀴를 굴리는 일 아니겠나. 되돌릴 수 없는 어제 때문에 울지 말고, 어쩔 수 없는 미래 때문에 미리 겁먹지 말고 딱 지금 이 순간을 살아야지. 지금 이 순간에, 들숨과 날숨 사이에 당신이 있고 내가 있고 삶이 있고 하느님이 계시다.

명절이
싫다

군대 제대하고 나서 어머니와 간신히 월세 얻어서 살던 독립문 영천시장 앞 방앗간집 2층. 밤새 떡방아 기계 돌아가는 소리가 쿵 쿵 영혼을 두들겨 패던 집. 그땐 지금 보이는 아파트도 없었다. 막막한 오르막길 끝에 간판 없는 짜장면집 하나, 꺼질 듯 아스라한 별빛이 하나.

추석은 왜 오나. 설날은 왜 오나. 명절이 참 싫었다. 우리 집엔 장볼 돈도 없고, 어디 만만하게 손 내밀 데도 없었으니까. 외상으로 안면으로 대충 간신히 차례상 준비를 끝내고 나면 어머니도 나도 눈이 퉁퉁 부어 있었다. 서로에게 들키고 싶지 않은 눈물이 천장과 방바닥에 남몰래 흘러가 젖어 있었을 뿐.

이제 나는 다행히도 차례상 정도는 내 힘으로 차릴 수 있게 되었는데도 습관적으로 명절이 싫다. 습관적으로 공포스럽고, 습관적으로 우울하다. 습관적으로 도망가고 싶고, 습관적으로 울고 싶다. 추석은 왜 오나. 추석은 왜 와서 나를 울리나. 어머니도 없이 가난의 기억만 집요하게 남은 그 골목, 독립문 영천시장 앞 방앗간집 2층 사글셋방.

추석

추석 장보러 갔다가 울고 오는 사람 많겠다 싶으다. 도라지 한 줌, 사과 한 알, 동태전 반 접시조차 심장을 벌렁거리게 할 만큼 천문학적 액수를 붙여놓고 있다. 나는 어머니 생전에 가끔 좋아하시던 콤비네이션 피자나 한 판 올려놓고 차례를 모시고 싶은 생각이 굴뚝같다. 살아서도 생소한 음식은 죽어서도 생소하지 않을까. 죽으면 행여 입맛이 바뀔까. 장담컨대 나는 라면이나 한 그릇 푹 익혀서 제사상에 올려주면 기뻐서 몹시도 자주 이승 문턱을 기웃거릴 것 같다. 아, 그러면 안 돼갔구나~.

갈수록 주변에 명절 인사하는 일이 어색해진다. 차례를 모시지 않는 집들도 늘어나고, 고향에 가지 않는 사람들도 늘어나고, 명절이 따분하고 귀찮고 고통스러운 사람들이 눈에 띄게 늘어난다. 인사조차 새삼스럽다. 그러나 한가위는 우리 민족이 가장 사랑해마지않는 풍요의 잔칫날 아닌가. 한 해의 수확을 기뻐하며 감사하는 날이 아닌가. 돌보아준 조상님과 이웃과 가족들에게 안부를 전하는 날 아닌가.

　살아가는 일이 점점 더 무거워지고 불친절해져도 우리끼리 따스한 인사 한마디는 나누고 사는 게 사람다운 일이지. 비록 시장에 갔다가 울고 왔지만 나물에 이즈러진 차례상이라도 차릴 수 있게 된 형편이 얼마나 갸륵하고 거룩한 일인가. 아직 돌아보고 들여다볼 가족과 친지와 어른들이 계시다는 것은 얼마나 고맙고 눈물겨운 일인가.

나는
참 운이
좋아

'그래도 나는 참 운이 좋아…'

하는 일이 막히고 앞이 잘 보이지 않을 때, 억지로라도 스스로 이렇게 주문을 외듯 중얼거리면 삽시간에 기분이 좋아진다.

"그래도 나는 참 운이 좋아. 이만하면 정말 다행이지. 진짜 고맙고 고마운 인생이야…"

오늘 아침엔 백번도 넘게 이 주문을 외웠다. 앞으로 한 만 번쯤 더 중얼거리다 보면 결국 이 괴로움 지나가겠지. 백만 번인들 어때. 그래도 나는 참 운이 좋아. 그래도 나는 참 운이 좋아. 그래도 나는 참 진짜 진짜 운이 좋아….

동계 올림픽

충청북도 중원군 엄정면 토산리 부락에 살 때, 동네 입구에 Y의
원이 있었다. 면 소재지 유일의 병원이었다. 주로 농사짓다가 낮에
베이거나 뱀에 물리거나 농약에 중독된 사람들이 환자였다. 나는
여섯 살 무렵 박카스 병에 담아둔 모기약을 원샷했다가 업혀가서
위세척을 당한 적이 있다. 그 이후론 개울가에서 뛰다가 사금파리
에 발바닥을 베어서 꿰맨 적이 한 번 있고, 미끄럼틀에서 떨어져
실신했을 때 학교 소사 아저씨가 업고 달려간 적이 한 번 또 있다.
아무튼,

동네에서 나름 유지였을 그 병원엔 서울서 학교 댕기는 내 또
래의 아들 형제가 있었다. 주로 방학 때만 온 것 같은데 내 기억엔
겨울 방학마다 목계강으로 흘러가는 작은 개울에서 스케이트를
타던 장면만 선명하게 남겨져 있다. 스케이트…라니! 라면도 귀해
서 국수를 반 근씩 사다가 불려서 나눠먹던 시절에 그 형제가 스

케이트화를 신고 개울 위를 씽씽 내달리던 모습은 자못 경이롭고도 외경스러운 것이었다. 스케이트화는 부자들만 탈 수 있는 물건이로구나, 라는 생각이 깊게 각인되었다.

동계 올림픽을 보고 있으려니까 실제로 내가 할 수 있거나 해본 종목이 단 한 개도 없다. 나는 자라면서 부자가 된 적이 없기 때문에 그 흔한 스케이트화도 단 한 번 신어본 적이 없다. 친구 형의 스케이트화를 빌려보았으나 내 발보다 너무 커서 막상 스케이트장에 가지고 갈 수는 없었다. 겨울은 그러므로 어떠한 외출도 삼간 채 그저 연탄불이라도 꺼지지 않길 기대하는 수밖에 없는 계절이었다. 그러니까 초딩 때 뜻도 모르면서 셰익스피어를 읽고 니체를 읽었겠지. 빌어먹을!

남들 다 열광하는 동계 올림픽을 보면서 나는 왜 나의 가난만 추억을 할까. 나는 왜 저 씽씽한 속도 뒤에 번뜩이는 돈의 위세만 실감이 될까. 순수하게 끄덕이지 못하는 이 버릇, 결핍은 참 여러 가지를 불편하게 한다. 이번에 인세 들어오면 3천 씨씨 할리데이비슨 사기 전에 내 발에 꼭 맞는 왕자표 스케이트화부터 한 컬레 꼭 사야지. 술집 갈 때 보란 듯이 신고 댕겨야지. 그 옛날 Y의원 부자 형제처럼 씽씽, 시바.

내일은 한 번도
실수하지 않은
첫날이잖아요?

〈빨간 머리 앤〉에 빠져 있느라 정치 관련 기사와 마주칠 일이 적었다. 겨우 이틀이었는데 내 표정이 지금 어떤지 말해주고 싶다. 평화롭고 평화롭고 또 평화롭다. 이틀만 정치 뉴스를 끊어도 발암물질이 감소한다. 믿으시라.

드라마 시리즈에 이렇게 빠져들지 몰랐다. 이건 뭐 애나 어른이나, 남자나 여자나, 하얗거나 검거나 할 것 없이 연기의 신들만 모여 있는 것 같다. 주름살 하나하나, 머리카락 하나하나가 다 살아서 연기를 한다. 굳이 연기랄 것도 없이 다들 그 안에서 사는 것 같다. 연생일체.

대사들마다 사색적이고 철학적이고 운문적이다. 이건 정말이지 시의 폭포다. 앤의 상상력과 삶에 대한 경건한 사유가 빚어내는 말들이 내 황폐하고 피폐한 영혼에 균열을 일으킨다. 등을 떠민다.

이 삶은 얼마나 아름다운 것이냐고. 얼마나 성스럽고 순결한 공간이었냐고. 네 꿈은 지금 어디쯤 가 있느냐고.

세상은 어쩌면 〈빨간 머리 앤〉을 본 사람과 안 본 사람으로 나뉠 것 같다. 그게 만화든 소설이든 애니메이션이든 드라마든 말이다. 삶의 깊고 푸르고 멀고 환하고 가슴 뛰는 의미를 잃은 사람들에게 권하고 싶다. 장래 희망이 돈이고, 신앙이 돈이고, 첫사랑이 돈이 된 세상에서 19세기 소녀가 들려주는 이야기가 가슴에 별처럼 아프게 박힌다. 지금 더럽혀진 모든 '어른'들에게 빨간 머리 소녀는 말한다.

"우리에게 내일이 있다는 건 얼마나 다행인가요?
한 번도 실수하지 않은 첫날이잖아요?"

3장

사랑 아닌 줄 알아라

이별을
결심하는 밤마다
비가 내리네

빗소리
발자국
몸매마다
그대 목소리
오히려
그대 목소리

이별을
결심하는 밤마다
비가 내리네
아무 비가 내리네

손두부집
커플

코찔찔이 대딩 때 댕기던 손두부집이 있었다. 시장 골목에 있던 작고 허름한 집이었다. 작고 허름한 할머니가 직접 만든 두부를 팔았다. 생두부와 순두부와 비지찌개와 막걸리가 메뉴의 전부였다. 지금은 문인이 되었거나 죽었거나 사라져간 과우들과 자주 그 집에 가서 취했다. 딱히 문학을 이야기하진 않았지만 시대의 공포와 슬픔 탓에 잘 취할 수 있었다.

우리 과에 아주 유명한 커플이 있었다. 나랑 동기였지만 둘 다 나이가 많았다. 그들도 손두부집 단골이었다. 직접 마주친 적은 없었다. 다만 그들이 다녀간 흔적만큼은 늘 자자했다.

> 할머니: 그 핵교에 (이러저러하게 생긴) 그 남학생과 여학생 말유~.
> 우리: 네, 왜요?

할머니: 그 학생들 뭐 하는 사람들인가유?

우리: 넹? 말 그대로 학생이지요, 왜요?

할머니: 하도 이상해서 말이지유.

우리: 허허, 뭐가 이상한데요?

할머니: 뭔 남녀가 둘이 마주 앉아서는 대여섯 시간 동안 서로 단 한마디도 없이 술만 줄창 마시다가 가냐구유~ 올 때마다 늘 그래유~.

우리: (그림이 그려진다) 푸하하~!

할머니: 서로 눈도 안 마주치면서 고갤 푹 처박구서 대여섯 시간을 술만… 세상에 그럴 수가 있냔 말유~.

서로 마주 앉아서 말 한마디 없이 고개를 푹 처박고서 눈도 마주치지 않고 대여섯 시간 동안 술만 마시다가 일어서는 관계… 그래도 다음 날이면 또 마주 앉아서 고개를 푹 처박고서 눈도 마주치지 않고 대여섯 시간 술만 마시다가 일어서는 관계… 그래도 다음 날이면….

그 시대에는 그런 연애가 가능했다. 말없이 눈빛도 없이 그저 존재의 확인만으로 가슴이 꽉 차오를 수 있었던 시대. 대여섯 시간 술만 마셔도 모든 대화가 완성되던 시대. 가끔씩 그 침묵의 커플이 그립다. 이제는 이 지상에 존재하지 않는 그 머나먼 커플.

사랑
아닌 줄
알아라

얼굴만 떠올려도, 이름만 떠올려도, 그 어깨만, 그 손길만, 그 뒷모습만, 하여간 그 향기만 떠올려도 가슴에 전기 먹은 송사리 같은 슬픔이 느껴지지 않거든 사랑 아닌 줄 알아라. 사랑하면 슬프다. 진정으로 슬퍼진다.

그것참
다행 아닌가

3월과 4월엔 술을 너무 많이 마셨다. 나는 늘 술을 많이 마시는 사람이니까 이런 말이 새롭게 들리지 않을지도 모른다. 그러나 나는 새롭게 말을 한다. 너무 많이 마셨다. 8일 동안 눈만 뜨면 술을 마시고 한 이틀 기절했다가 다시 9일 동안 식음을 전폐하고 술만 마셨다. 이런 패턴의 폐인질로 3월과 4월을 탕진했다.

그사이에 꽃들은 피어나고 애인들은 새로운 연애를 시작하고 그리운 사람들은 지구에서의 삶을 버렸다. 나는 경중 치매 노인이 사다 놓고 잊은 분식집 오징어튀김처럼 형편없이 비틀리며 야위어갔다. 현실과 과거와 꿈과 상상과 상처들이 한데 뒤섞여 내 실존과 몸을 바꿨다. 나는 중음을 떠도는 검은 새 같았다.

나는 만 30년 전에 시인이 되었다. 그러니까 나는 1992년에 시인이 되었다. 시인은 얼마나 위대한 존재인가. 나는 시인이 되고 싶어서 고고하고 도도하게 살았다. 천박하고 비겁한 사람들을 미워했다. 그래서 문단 근처에 얼씬거리지 않았다. 문인들은 뜻밖에도 대부분 혼자 있을 때 용감하지 못한 사람들이다. 그래서 늘 떼를 짓는다. 나는 그런 것은 가짜라고 생각한다. 시인을 을(乙)로 줄 세우는 권력들도 가짜라고 생각한다.

술만 마시면 좋았을 것이다. 나는 왜 사방팔방에 전화를 해서 내 외로움을 고백해야만 했던 것인가. 술에서 잠시 깨어나 생각해 보면 내 외로움에 대해서 수모와 치욕을 안긴 자들에 대해 나는 매우 슬퍼하는 사람이었다. 술에 취해서 나는 겨우 이렇게 말했을 뿐이다.

> "제 시를 좀 읽어주세요. 제가 시를 썼는데 부디 좀 읽어
> 주세요."

나는 고고하고 도도하게 살지 못하는 삶이 갑자기 너무나 부끄러워져서 또 술을 마셨다. 그사이에 꽃들은 피고 졌다. 애인들은 새로운 연애에 성공하거나 실패했다. 죽은 자들은 진짜로 아무런 대답을 하지 않았다. 그리고 아무도 나의 시를 진심으로 읽어주지 않았다.

좌표를 잘못 찍어서 엉뚱한 궤도를 맴돌고 있는 지구답게 나를

태우고도 어떠한 자의식도 없어 보이는 지구의 나날을 나는 슬슬 견디었다. 술에 취해서, 수모와 치욕에 물든 외로움에 취해서 3월과 4월이 다 지나갔다. 나는 그것참 다행 아닌가, 라고 힘껏 생각한다. 다행이다.

목련이
피는
길목에서

목련이 피면 결별해 주겠노라 약속했던 여자가 있었다. 목련이 찬란하게 피어나면 그 그늘 아래서 돌이킬 수 없는 슬픔의 깊이로 가슴에 묻어주고 싶은 여자가 있었다. 목련이 피지 않아도 우리는 자주 헤어졌고, 정작 목련이 피었을 땐 너무 아름다워서 헤어질 수 없었다. 목련이 피어 있는 동안만이라도 생애에 드리워진 결별들이 내 것 아니기를 기도했다.

결국 우린 결별에 성공했지만 목련이 피어날 때 헤어져주리라던 약속에 성공하지는 못하였다. 그 약속은 해마다 목련이 필 때마다 다시 살아나 무덤 같은 가슴에 찬란한 통증으로 꽃잎을 흩뿌린다. 누구에게나 지나칠 수 없는 풍경이 있다. 목련이 피어 있는 길목에서 나는 걸음을 멈추고 지키지 못한 약속의 안부를 묻는다.

지나간 결별이여, 안녕.

지키지 못한 약속이여, 안녕.

해마다 목련은 피어나고 지키지 않은 약속이 기억날 때까지 나는 살아 있겠지만 어느 환한 내생에서라도 그를 다시 만나면 목련이 피는 길목에서, 그 선량한 등불 아래서 찬란한 결별로 그를 아주 묻어줄 수 있기를 기도하는 것이다.

5월의
마지막 날

다음에 우리 만날 땐 광화문 어디쯤 빵집에서나 만나리. 소
보로빵과 단팥빵과 슈크림빵을 산처럼 쌓아놓고 당신은 오렌지주
스를 마시고, 나는 뜨거운 우유를 마시리. 당신은 국제극장에서
본 〈사막의 라이온〉을 이야기하고, 나는 삼성 라이온스의 부실한
수비에 대해서 이야기하리. 인왕산 선바위에 올랐을 때 갑자기 쏟
아지던 소나기를 이야기하리. 등나무 꽃도 이야기하리. 국사당에
서 들려오던 징 소리, 꽹과리 소리, 장구 소리, 칼 부딪치는 소리도
이야기하리. 라이너 마리아 릴케와 하인리히 하이네와 쇼스타코
비치와 이소룡을 이야기하리.

그러면 당신은 웃다 웃다 슈크림을 코끝에 묻힌 채 부끄러워하
고, 나는 우쭐거리며 행복해하리. 그러다 마침내 품속에서 밤새
써두었던 편지 한 통 꺼내 당신 손에 건네주리. 손끝은 창백해지
고 얼굴은 붉어지리. 아아, 5월이 가기 전에, 이승의 5월이 다 가

기 전에 우리 다시 만나리. 광화문 어디쯤 빵집에서, 라이너 마리아 릴케스럽게 "햇빛처럼 꽃보라처럼 또는 기도처럼" 만나리. 그리운 당신….

내
연애
이야기

돈도 없고 학점도 없고 해서 대학을 9년 만에 간신히, 졸업을 했다. 9년 동안 두 명의 애인과 연애를 했는데 지금까지도 많은 사람들이 내가 순 바람둥이였다고 믿는다. 맨날 여자가 바뀌었다고 주장한다. 그 술집에 마주 앉았던 여자들은 그러나 나의 애인들이 아니었다. 남일이 형 여자친구, 찬일이 형 여자친구, 서양화과 희교 여자친구, 총여학생회 대외협력부장하던 가정과 선배, 체대에 오자마자 부상당해서 은퇴한 민순애, 국악과 성심이, 피아노과 줄리엣, 연영과 전 아무개….

그들은 왜 나만 보면 술값을 내주고 싶었는지, 그때나 지금이나 그렇게도 빈한의 몸매를 갖췄던 거신지 참… 생각해 보니까 지금 남미에 가 있는 소녀도 나만 보면 막 울고 그랬다.

"왜 오빠한텐 애인이 있는 거예요?"

그런데 그 소녀는 내 애인과 늘 친하게 지냈다. 이상한 여자였다.

내가 하려던 이야기는 이런 게 아니었다. 내가 무슨 쉬르와 리얼리즘을 다시 펼치자는 뜻이 아니었으니, 아무튼 내 친구 태백산 꿀도사 이야기를… 아니지, 소설가 이외수 이야기를….

틈새를 파고 들어가서 내 두 명의 애인 이야기를 해야 한다고 믿는 사람들 심리를 잘 이용해야 한다고 소설가 신상웅 교수님은 말씀하셨다. 태백산 꿀도사로 시선을 끈 후… 그래서 나는 내 20대 두 명의 애인 이야기를 이제 비로소 시작하려 한다. 첫 문장,

> "내 연애 이야기는 우리 고모 사진작가 겸 여행가 이해선 님이 다 아신다."

손을
꼭 잡고
걷는다는 것

"여보, 개양귀비꽃도 지고 수레국화도 안 보이네.
해당화 열매가 빨갛게 익어가요.
저쪽엔 나리꽃이 노랗게 피었어.
당신, 노란색 좋아하지?"

영감님께서 할머니 손을 꼭 잡고 걸으시며 연신 보이는 풍경들을 설명하십니다. 저는 어제저녁 들비랑 한강공원 산책하는 길에 그 모습을 우연히 보았습니다. 뒷모습을 보았기 때문에 말소리만 들은 것입니다.

"작년에 안 보이던 모감주나무가 많이 보이는구면.
꽃이 피었는데, 당신 밤꽃 기억나나?
남들이 보면 꽃이라고 생각하지 않을 것 같네.
우듬지마다 연노란색으로 피었어."

느리게 걸으셨기 때문에 저와 들비는 자연스럽게 그분들을 앞지르게 되었습니다. 그리곤 뒤돌아보았지요. 할머니 눈은 감겨 있었고, 영감님은 주름이 깊었으나 자애롭고 드높은 표정을 짓고 계셨습니다. 보이는 모든 풍경들을 하나하나 앞이 보이지 않는 할머니 귀에 대고 설명하며 걷는 중이셨던 겁니다.

사람끼리 손을 꼭 잡고 걷는다는 것은 얼마나 깊은 뜻을 갖는 것일까요? 함께 더불어 살아가고 저물어간다는 것은… 문득 가슴이 따뜻하게 물드는 황혼 무렵이었습니다.

애인은 출근길에 눈을 맞으며 성당 마당에서 기도를 했고,

아픈 친구는 더 아프지 않으니 다행이라고 말했고,

상처받은 소년은 악몽 때문에 새벽에 깨어 울었다고 말했고,

지금 교토에는 비가 내린다고 옛날 애인이 말했다.

나는 서울에 눈이 내려서 불쾌하다고 말했다.

당신이어서

사랑해요, 라고 고백할 수 있는 사람이 당신이어서 얼마나 다행인가요. 사랑합니다.

지리산엔 오늘도 비가 와요. 빗소리 뼈를 허무는 아침. 저는 또 취해서 한 생애 흘러가겠습니다.

당신 들으시라고. 이 빗소리….

당신의
오래고
먼 이름

이름만 봐도 가슴 뛰는 사람이 있다. 이름만 봐도 가슴 설레고 가슴이 아파오고 가슴이 뜨거워지는 사람이 있다. 첫사랑이었으나 짝사랑이었던 소녀의 흰 웃음처럼 심장이 멎을 것 같은 이름이 있다. 깨꽃 같은 이름이 있다. 해 질 무렵 교회당에서 울려오던 소녀의 풍금처럼 내 가슴에 노을로 오래 번지는 이름이 있다.

바라만 봐도 슬퍼지는 이름이 있다. 이승에선 어쩌지 못할 예감 같은 것, 다음 생도 아니고 그다음 생도 아니고 그다음 다음 생에서나 행여 마주칠 것 같은 약속이 있었던가. 허공을 떠도는 풀씨와 바람처럼 마주칠 약속이 있었던가. 그래서 속절없이 슬퍼지는 이름이 있다.

혼자서 술을 마시면 푸른 술잔에도 있고, 내 손등 위에도 있고, 창밖의 고단한 빗방울에도 있고, 늙은 가수의 목소리에도 있고,

발등에 툭 떨어진 눈물에도 있고, 천천히 오는 가을과 겨울에도 있네. 이름만 봐도 울고 싶어지는, 이름만 봐도 서둘러 정거장에 나아가 기다려야 할 것 같은 이름이 있다. 당신의 오래고 먼 이름이 있다.

아침의
언어

내가 당신에게 사랑해요, 라고 말하는 순간 내 온 영혼의 근육을 다 바쳐서 그 발음의 처음과 끝을 다 살아버렸다는 사실을 알아주셔야 한다.

사랑한다는 것은 물론 믿음의 장르가 분명하겠지만 나는 당신에게 믿음을 말하고 싶지는 않아서 아주 천천히 내가 당신을 믿으면 되지요, 라고 발음해 보는 것이다.

내가 믿으면 되어요.

슬픔은 지금 사라진 충주역 개찰구 앞에도 있고 조치원역 지붕 위에도 있고 달래강변 달맞이꽃들에게도 있고 세상의 모든 빗방울 속에도 있다. 나는 슬픔을 사랑하는 사람답게,

슬픔을 사랑하는 사람답게 또 이 아침의 언어로 발음하는 것이다. 사랑해요,

비가 그쳐서 얼마나 다행한지 모르겠다.

비가
그친
탓이라고

비가 그쳤다. 밤새 써둔 편지처럼 밤새 젖은 마음 갈 데 없다. 빗소리의 흔적이 이명처럼 영혼을 움켜쥐네.

비는 그치고 젖은 마음만 남겨졌을 때 나는 호올로 먼 나라의 간이역 플랫폼으로 가서 앉아야지. 검은 커피와 녹색 지붕이 있는 간이역 플랫폼에 앉아서 백 년 전에 죽은 시인의 편지를 읽어야지. 모든 언어가 유서가 되는 편지는 내 심장으로 들어와 흰 피를 이룩하리. 나는 한순간도 아프지 않고 그 피를 다 들여다보리.

비가 그친 아침엔 그러므로 막막한 마음과 오지 않은 슬픔 같은 것들을 귓속에 집어넣고 마을의 고양이들을 데려다 밥을 먹여야지. 밤새 뜬눈으로 빗소리를 견딘 것들은 그러므로 다 무엇인가를 채울 자격이 있으니까 층층나무도 산딸나무도 해당화도 이명을 앓는 것이다.

   그리고 나는 먼 나라의 간이역 플랫폼에 앉아서 나의 부재를 바라보네. 나의 부재를 유언하네. 이 모든 게 다 비가 그친 탓이라고. 내게서 당신이 다 그친 탓이라고.

기꺼이
나부낄 수
있다면

허공을 걷듯 구름 속을 걸어가듯 문득 순금의 문을 열고 들어 갔을 때, 그곳에 온전히 그대가 있고 아직 깊이 병들지 않은 내가 있어서 일제히 함성으로 피어나는 꽃나무 같은 기쁨에 머물 수 있으면 좋겠네.

풍금 소리 같은, 황금의 시냇물 같은 속삭임으로 나의 등이 따 스해지고 그대의 머리카락이 부드러워질 수 있다면. 우리 떠나온 별이 사라지고 난 후 1억 2천만 년 만에 불러보는 이름일 수 있다 면. 하늘과 햇살과 이파리들 바라보는 그대 눈 속에 내 존재 또한 흘러가 아프지 않은 꽃잎 하나로 기꺼이 나부낄 수 있다면.

아, 마침내 그대로 인해 내가 살고 내가 죽을 수 있다면.

슬픔의
잔뼈들

10월이 왔습니다. 10월이 왔다는 것은 그대에게도 나에게도 얼마쯤 잊혔던 사랑이 다시 기억되는 순간이 많아진다는 뜻이고, 아무런 상실도 없이 쓸쓸한 저녁을 맞는 날이 많아진다는 뜻이고, 생애의 덧없음과 적막감에 몸서리치는 순간이 많아진다는 뜻이겠지요.

나는 고요히 저무는 꽃과 나무들, 고요히 먼 길 바라보는 가을 새들 쓰다듬으며 또 흐려진 술집 불빛 아래서 엎드리는 날이 많아질 것입니다. 그대의 빈자리 점점 더 깊어질 것입니다.

노래 그친 가슴에 문득 비라도 내리는 날이 오겠지요. 나는 10월을 처음 지나가는 지붕처럼 아무런 저항도 없이 그 비를 다 맞고 싶습니다. 의심 없이 젖어서 내 안의 긴 슬픔과 슬픔과 슬픔과 또 슬픔의 잔뼈들을 다 어루만져주고 싶습니다. 그 슬픔들 안에 그대의 찬 가슴 있거든 기꺼이 따스해지시길요. 거룩해지시길요.

　10월이 왔습니다. 안부를 남길 수 있어 기쁩니다. 그대에게도 부디 눈물겹고 기쁘고 슬픈 10월이 당도하길 빕니다. 그 모든 마음들이 생애를 건너가는 찬란한 힘이 되길 빕니다. 나는 여기서 10월을 건디는 별자리처럼 죽는 날까지 한순간도 죽지 않고 잘 살아남겠습니다. 총총.

가을비 오시는데

덧없는 이야기들 다 버리고

그냥 묵묵히 비 내리는 세계를 바라볼 것.

가을의 끝을 바라볼 것.

그리고 객지의 친구가 끓여주는 라면에

마음을 적실 것.

울지 말 것.

모든 가을비는

그대 이별의 기억 더 쓰라려지라고 내린다.

말하지
못한
악보

당신 눈썹 위에 내리던 눈송이를 기억합니다. 어두웠고, 행인과 불빛이 많은 골목이었습니다. 나는 속으로 사람의 눈썹에 내렸다 녹는 눈송이를 처음 보네…라고 생각했습니다. 누군가의 눈을 그토록 잠깐 동안 깊이 오래 바라본 게 처음이었습니다. 당신은 그토록 잠깐 동안 깊이 오래 거기 멈춰 있었습니다.

나는 소년은 아니었습니다. 그런데 자꾸만 동화 같은 세상이 내게 당도했다고 느꼈습니다. 눈송이마다 하나씩 하나씩 저마다의 악기로 반짝이는 음성이 다 들렸습니다. 당신은 성탄절에 보던 작고 푸른 나무처럼 단정하게 서 있었습니다. 나는 퍽 안심이 되어서 말했습니다. 우리에겐 아직 말하지 못한 악보가 남겨져 있군요.

이윽고 정류장 쪽으로 걸어야 했을 때 당신은 대답했습니다.

"눈이 내릴 줄 몰랐어요."

모든 길과 지붕들 위에 눈이 내리고, 어두워진 골목에서 간신히 살아남은 간판들이 눈시울 밖으로 지워지는 밤이었습니다. 아, 그보다는, 사람의 눈썹 위에 내렸다 녹는 눈송이를 처음 본 밤이었다고 말해야겠습니다. 그토록 잠깐 동안 깊이 오래, 그토록 잠깐 동안 깊이 오래.

선인장 꽃

무심코 지나가는데
우리 집 선인장이 꽃을 피우고 있습니다.
겨울에 핀 선인장 꽃
마음이 문득 환해집니다.

포구에서
당신과

　겨울엔 반드시 포구에 가서 살아야지. 바다가 보이는 언덕에 한 달짜리 방을 얻어서 벙어리 애인과 연탄불에 양미리를 구우며 저물어가야지. 뱃고동 소리와 갈매기 울음소리가 들리면 귀가 들리지 않는 애인에게 그 소리 그려줘야지. 술잔 위에 빙글 손가락을 적시곤 애인의 입술에 가만히 포개어주리.

　나는 가끔 기침도 해야지. 일정 때 배꽃길에서 자전거 태워주다가 버마 어디선가 죽었다는 어머니의 옛사랑처럼 창백한 손등을 가져야지. 노래도 불러야지. 혼자서 느릿느릿 옛 노래를 부르면 아무것도 들을 수 없고 말할 수 없는 애인은 가만히 내 등에 목을 기대고 울으리. 나는 모른 척 포구에 묶인 고깃배들을 바라보리.

　한 달만 살아야지. 내가 아는 모든 주소를 지우고 딱 한 달만 포구에 가서 살아야지. 애인과 똑같은 장갑을 끼고 똑같은 모자를 쓰고 똑같은 장화를 신고 그날 잡혀온 물고기들 눈동자를 보러 가야지. 먼 눈동자 위에 내리는 눈송이들을 바라봐야지. 사랑을 말할 수 없고 들을 수 없는 애인과 딱 한 달만.

참 오래 견딘 말

'사랑해요'라는 말

참 오래 견딘 말.

4장

세월이 줄어든다는 건

점점 더 돌이킬 수 없는 세월 쪽으로
불가역적 속도로 나는 늙어가고 스러져가겠지
한편 그건 참 다행한 일이로고나
마실 수 있는 술이 점점 줄어든다는 건
내가 나를 저버릴 수 있는 세월이 줄어든다는 건

영양실조

며칠 전에 들비 데리고 산책하는데, 야트막한 계단을 오르는 중에 별안간 그 옛날 고딩 체력장 1천 미터 오래달리기할 때 느꼈던 가슴 통증과 캄캄한 현기증이 엄습하는 것이었다. 한참을 멈춰 서서 진정했어야 할 만큼 상태가 자못 진지했다. 이튿날부터는 은근히 가슴 한가운데에 시큰한 통증과 함께 피로감이 극심했고, 급기야 어제 오후엔 두어 시간 수업을 마칠 무렵 자리에 주저앉기에 이르렀다. 눈앞이 은박 총채가 일렁이는 것처럼 반짝반짝 하얗게 바래서면 보이지 않았다. 목덜미와 허리, 다리에 마비 증세까지 느껴졌다.

수지침을 배웠다는 학생이 손을 주무르고 몇몇의 학생들이 가세해 팔과 어깨를 주무르는데도 현기증과 마비 증세가 쉬이 가시지 않았다. 나는 목 디스크 때문에 안마 치료를 받은 적 있다는 소설가 제자와 함께 부랴부랴 노량진 뒷골목으로 달려가 전신 마사지까지 받았으나 딱 그때뿐이었다. 자리에서 일어나자 도로 눈앞이 캄캄했다. 그 와중에 학생들의 카톡….

"선생님, 지금 인터넷 찾아보니까 아무래도 심장 문제가 아닌가 싶어요. 심장마비 전조 증세와 너무 비슷해요. 내 일이라도 병원 꼭 가보세요!"

내가, 술병 아니고선 내 발로 병원에 가지 않는 것을 가문의 유훈처럼 신봉하는 내가, 그래도 알고는 죽어야지 하는 심정으로 순환기 전문 내과를 찾아갔다. 심장에 일가견 있다는 분이었다. 초진이었는데 피차 아주 낯설지는 않은 분위기.

"밥 세끼 먹어요?"
"술 마시고 댕길 때는 못 먹었는데 요즘 한 20여 일 안 마시면서부터는 두세 끼 먹으려고 노력합니다."
"술은 얼마나 자주…?"
"뭐 그냥 얼마나 자주라고 말씀드리기가 좀…."

그때부터 나는 극구 심장에 문제가 있는 거 같으니 검사부터 받자고 떼를 쓰는데, 의사 샘은 극구 검사 같은 거 해보나 마나라고 떼를 쓰는 상황이 연출됐다. 당신은 딱! 지금 술을 끊어서 그런 증세가 온 거라니까요~? 심전도 검사는 해보나 마나라니까요~? 헐~

미친 듯 술 마시고 댕길 땐 멀쩡하다가 어떻게 안 마시니까 나빠질 수 있냐구요~!

심전도 검사를 마치고 나자 검사지를 보여주며 의사 샘이 말씀하셨다.

> "다 정상이라니까요? 지금 혈압이 104~70인데, 내 이럴 줄 알았어요. 선생은 지금 심장이 문제가 아니라 영양실조가 문제예요!"

결국 잔소리만 잔뜩 듣고 나왔다. 술에 있는 칼로리 때문에 버티고 살다가 알콜이 빠지자 영양실조의 증상이 자각되기 시작한 거라고⋯. 밥 세끼 꼬박꼬박 챙겨 먹고, 잠 일곱 시간 이상 자고, 회복할 때까지 운동도 하지 말고⋯. 일단 나가자마자 고기부터 좀 사서 먹어요!

아, 아무리 그래도 그렇지. OECD 회원국의 자랑찬 국민으로서 이 대명천지에 영양실조라니⋯ 그것도 조낸 잘나가는 베스트셀러 저자가 영양실조라니⋯ 술을 끊어서 졸도하기 직전이라니⋯ 그나저나 살아나려면 고기를 먹어야 한다는데 아, 그 가엾고 슬픈 고기를 어찌 먹으라는 건가. 눈앞이 핑글핑글, 은박의 결핍 황홀한 세계로고나, 아아.

다슬기국을
끓이며

어머니 생각나면 올갱이(다슬기) 국을 끓여야지. 의사 샘에게 영양실조라고 잔뜩 잔소리 듣고 나니까 어머니가 급 그립다. 먼 재 래시장까지 가서 다슬기 두 근 사다가 박박 문질러 씻고, 알맹이 까는 건 내가 원래 선수니까 무아지경으로 삽시간에 해결한 후 근대, 시금치, 부추, 대파, 양배추, 고사리 막 때려 넣고 시방 치열 하게 끓이는 중. 나는 충주 중원 서울 사람인데 다슬기국만은 고 추장 푼 경상도 문경식이 좋다. 아, 어머니를 그리워하는 김에 미 O까지 한 봉다리 사서 한 숟가락 기꺼이 투척!

복부
독재
타도

영양실조라는 진단에 충격받은 나머지 그날 이후론 라면에 계란이라도 한 개씩 풀어서 먹으려 노력했다. 술 마실 땐 국물 한 숟가락이라도 악착같이 더 먹으려 노력했다. 숙대 앞 과자 할인점에서 물경 2만 6천 원어치 비스킷과 쿠키를 사서 집중적으로 흡입했으며, 옛날 애인이 보신하라고 3년 전에 사준 종합비타민을 밤마다 한 주먹씩 복용하였다. 이른바 셀프 영양실조 극복 프로젝트였다.

뼈를 깎고 간을 씹으며 피가 맺히도록 노력한 결과, 한 달여 만에 몸무게가 7킬로그램 늘었다. 아아, 내 생애 최고의 몸무게! 너무나 흐뭇하고 기뻐서 애인들에게 몸매를 자랑하고 싶어 몸살이 다 날 지경이다. 그래서,

마침 이 폭염에 해수욕장이라도 가는 사람인 척 아조 단조롭게

차려입고 집을 나서려는데 어어~ 어허~ 어허랏~ 신발 끈이 안 묶인다. 배가, 배가… 상체의 하향을 잔뜩 떠받친 채 고척 돔구장처럼 봉긋하게, 그러나 우렁차게 부풀어 있는 게 아니랴. 새로 입양한 7킬로그램의 살들이 모두 복부로만 집중한 것이 아니랴. 모든 살들의 복부 집중화 실현이라니!

　복부 독재 타도! 아아, 시바!

고수

"샘~ 샘이 제 나이 때는 저보다 훨씬 건강했던 거 같은데 저는 왜 어쩌다가 이렇게 아픈 데가 많을까요? 맨날 여기 저기가 아파요."

"헐~ 나도 사실 아팠어. 아픈데 아프다는 말을 안 했을 뿐이야."

"오잉? 그럼 제가 훨씬 고수로군요?"

"오잉?"

"그렇잖아요. 아픈데 아프다고 말하지 않는 사람보다 아플 때 아프다고, 죽을 만큼 아프다고 엄살 부리는 사람이 훨씬 고수 아녀요?"

"캬캬캬~ 아이고~ 존버!"

객지의 여인숙에서 많이 안 아픈데 아픈 척 사진 올렸더니 스위스 사는 애인까지 메시지를 보내서 걱정을 한다. 오호라~ 좀 더

극적으로 아픈 척을 해서 로마에 사시는 페친 교황님한테까지 위문을 받을까 하다가… 걍 라면이나 하나 끓여 먹고 확 나아버리기로 결심했다. 가끔 미역 들어간 라면은 정서에 도움이 된다. 체감 온도 영하 16도, 라면은 100도!

무럭무럭

　수의사 선생님이 막 웃으며 1.5킬로그램 감량해야 한다고 했지만, 들비는 무럭무럭 잘 찌고 있다. 영양실조의 비극은 나 하나로 족하다. 도대체 저 얼굴로 간식 좀 달라는데 어찌 아니 줄 수 있겠는가. 라면도 뺏어먹고, 계란프라이도 뺏어먹고, 사랑도 뺏어먹고, 슬픔도 뺏어먹고….

들비가 꽃을 핥아줍니다.

더워도 잘 참고 있으렴.

이 생애도 언젠가 지나갈 거야.

꽃은 가만히 얼굴을 맡기고

들비 눈을 바라봅니다.

그리고 곧 저녁이 왔습니다.

뭐
어쩌라고

하도 몸이 안 좋아져서 이러다 곧 이 은하계와 인연이 끊기겠고 나 싶어 모 선배가 권한 건강보조식품을 한번 사보려고 검색해 들어갔다가 그냥 관둬버렸다. "진시황이 먹던 바로 그 OOO!"라는 거였다.

시바, 진시황은 나이 50에 죽었는데 그걸 먹고 뭐 어쩌라고….

태백산
꿀도사 1

"니 오늘 어금니 뽑으러 가지? 그거 절대로 뽑으면 안 된
다~."

내가 오늘 그동안 숙원이었던 어금니 발치 예약해 둔 걸 어떻게
알았는지 중딩 동창 태백산 꿀도사가 카톡 메시지를 보내왔다.
꼭두새벽이었다. 내가 아무리 생각해 봐도 그 시간까지 아무한테
도 내 어금니 발치 이야기를 꺼낸 적이 없는데 이게 어찌 된 영문
일까. 귀신이 곡할 노릇이었다.

북극성의 기운이 다 그 어금니에 모였다가 다시 너의 영성을 깨
워서 종생토록 발복을 하게 돼 있는 건데 그걸 뽑아버리면 넌 운
세가 갑자기 바뀌어서 결국 머리 깎고 입산하게 될 수도 있다. 영
성을 깨워야 하니까.

이 쉐이가 가뜩이나 심란해 죽겠는데 꼭두새벽부터 웬 혹세무민적 구라질이여~ 나는 그러면서도 한편 이 쉐이가 내 치과 일정을 어떻게 알고 있는 건지가 궁금해서 조바심이 났다. 그나저나 니는 내가 오늘 치과 가는 걸 어케 안겨?

나는 앉아서 눈 감으면 다 보인다. 니가 모르는 세계가 있다. 너처럼 하수들은 아무리 설명해도 모른다. 그런데 하물며 어금니 발치까지 한다니 한심하기 짝이 없다.

그러면서 이달 20일이 춘분이라면서 그 전에 자기가 보내주는 꿀에다 또 부적을 태워서 먹으라는 거였다. 그러면 어금니 치주염이 다 낫는 것은 물론 새롭게 20년 발복이 시작된다는 거였다. 가뜩이나 치과 가는 게 공포스러운 마당에 진짜로 마음이 흔들렸다. 진짜로 믿고 싶었다. 이 쉐이 혹시 진짜 도사 아녀?

아조 우울하고도 심란하고도 구슬프게 오후 4시의 치과 예약을 취소할까 어쩔까 갈등하고 있는데 충주 사는 수학선생 동창한테서 전화가 왔다. 출장 온 김에 오늘 저녁에 술 마시러 갈까 했더니 니 오늘 이빨 뽑는다며? 성식이가 막 자랑하더라. 니가 지네 치과 환자라고. 니가 스타는 스탄가벼. 이빨 뽑는다고 충주까지 소문나고 말여.

어휴~ 꿀도사 이 개쉐이…!

태백산
꿀도사 2

"1982년도에 말여~."

태백산 꿀도사가 별안간 전화를 해서는 밑도 끝도 없는 이야기를 시작했다. 나는 인사도 없이 덤벼드는 그의 구라를 또 잠자코 들어야 했다. 1982년도 봄에 말여~.

태백산에서 3천 명, 지리산에서 2천 명, 그렇게 총 5천 명의 도인들이 세종문화회관에 모여서 뭔가 회의를 했다는 거였다. 그때는 인터넷도 없고 휴대폰도 없는 시댄데 산에서 도 닦는 사람들이 무슨 수로 서로 연락이 닿아서 5천 명씩이나 모여 회의를 할수 있단 말인가. 그것도 생뚱맞게 세종문화회관이라니. 나는, 거또 무슨 개구라를 풀려고 그러는거? 니 또 나한테 꿀 팔려고 그러는 거지? 이렇게 심드렁하게 말을 끊었다.

"니는 시인이라는 자가 어찌 정신세계에 대해서 그렇게도 무심할 수가 있단 말여? 니 같은 속물은 아무리 알려고 해도 모르는 세계가 있단 말여. 하여간 일단 들어나 보란 말여."

5천 명 도인들이 모여서 회의를 했는데, 안건이 황당하기 짝이 없었다. 11년 후 1993년도에 인류가 멸망할 것이 정해졌으니 도인들끼리 힘을 합쳐서 그걸 막을 것이냐, 아니면 우주의 섭리와 인류의 운수대로 그냥 받아들일 것이냐를 결정하자는 것이었다. 다수의 태백산파는 멸망 반대였고 지리산파는 멸망 찬성이었다. 그러나 그렇게 중차대한 문제를 쪽수로만 결정지을 수 없어서 결국 태백산과 지리산에서 각 한 명씩 대표가 나서서 수련의 경지로 가부를 가리기로 했다.

무엇으로 대결을 했는지는 하도 허황하고 기가 막혀서 걍 전하지 않기로 하겠다. 사흘 동안이나 승부가 나지 않는 바람에 도인들이 말렸을 때 한 사람은 천장에서 하강을 하고 또 한 사람은 벽속에서 스르르 무대에 등장했다던가. 결론을 지을 수 없게 되자 누군가 절충안을 냈다. 인류 멸망을 일단 원래 정했던 날로부터 30년만 연기하도록 힘을 쓰자는 것이었다.

도인들은 다시 뿔뿔이 흩어져서 각자의 산으로 돌아갔다. 그렇게 도인들이 집단적으로 무슨 도술을 베풀어서인지 인류는 멸망하지 않았고, 내년이 딱 30년 되는 해라는 것이었다. 도인들도 이제 더는 우주의 섭리를 거스를 수 없다고 했다. 코로나19가 멸망의 손톱만한 전조라는 것이었다. 2023년에 인류는 반드시 멸망을 맞게 된다는 것이었다. 이야기를 듣다가 잠시 솔깃해진 내가 낙담하는 척하자 꿀도사가 말을 이었다.

　　"이건 다 우리 스승님한테서 들은 얘긴데 시방 천기를 누설하는 거니까 너는 어디 가서 절대로 발설하면 안 되는 겨. 그러면 천벌을 면치 못하게 되는겨. 다만 하늘이 무너져도 솟아날 구멍이 있다고 하잖냐. 인류가 다 멸망해도 우리가 결심만 하면 살아날 방도가 아주 없는 것은 아녀."

　인류 멸망은 피할 수 없으나 태백산 도인들 몇이 힘을 모아서 말세의 구원처를 마련했다는 것이었다. 『정감록』의 십승지에 언급만 되었을 뿐 그 정확한 위치를 알 수 없었던 데를 찾아서 지금 구원처 건설이 거의 완성 단계에 접어들었다고 했다. 그러면서 나는 영혼이 맑은 시인이기 때문에 입주 자격이 있으니 나를 포함해서 특별히 다섯 명까지 동반을 허용할 수 있을 거라고 했다.

　　"니는 천지신명이 각별히 아끼는 사람이니까 이렇게 나와 인연이 닿은겨. 니는 아직도 이 지구에 남아서 할 일이 있는 사람인겨. 그렇게 선택받은 걸 엄중하게 받아들여야 하는겨. 그런데 구원처에 들어가기 전에 일단 심신을 정화해야 하지 않겠어? 니를 포함해서 다섯 명이니까 이번에 꿀 다섯 병 보내면 각자 거기 동봉하는 부적을 태워서 꿀에 섞어 개천절 아침에 먹으란 말여. 안 그러면 부정 타서 구원처에 못 들어가게 된다는 걸 명심하고 말여."

그렇게 지 할 말만 하고서 전화를 끊은 게 추석 나흘 전 밤 11시 11분이었다. 나는 뭔가 또 구라에 당한 기분이 들었지만 이 지경이면 뭐 내년에 인류가 멸망하는 것도 별로 이상할 게 없다는 생각이 드는 것도 사실이었다. 으음, 나 빼고 네 명이니까 누굴 데리고 들어가야 하나. 들비도 데려갈 수 있겠지. 개천절 아침에 부적을 태워서 꿀을…. 그런데 세종문화회관에서 5천 명이라고? 5천 명이 회의를 했다고?

검색해 보니까 세종문화회관은 최대 객석수가 3,022개였다. 나는 그 즉시 메시지를 보내서 따져 물었다. 이게 어찌된겨? 꿀도사가 답신을 보내왔다. 나머지는 다 천장에 거꾸로 앉아서 회의를 했다는겨. 세상에는 니가 아무리 알려고 해도 모르는 세계가 있는겨. 꿀에다 부적 타서 먹으면 점점 더 알게 될겨.

방금 전에 꿀 다섯 통이 도착했다.

"30만 원×5=150만 원(부적값 안바듬)"

아이고~ 꿀도사 이 개쉐이!

수요일
오전
열한 시 이십오 분

어금니 발치 후 꿰맨 자리 실밥 제거하러 치과에 간다. 일주일 만이네. 삼일절 기념 꽃 막걸리 이후 장장 16일 동안 금주했다. 금주당했다. 술 대신 진통제와 항생제가 내 슬픈 육신을 어루만졌다. 서울에 비다운 비가 내리지 않아서 다행이었다. 아직 꽃다운 꽃이 피지 않아서 다행이었다. 하마터면 나는 실족하였을 것이다.

술을 마시지 않으면 지구와 은하계가 너무 천천히 이동한다. 나는 그 게을러터진 속도감을 못 견뎌서 코를 잡고 맴맴 돌거나 물구나무를 서거나 허밍으로 보헤미안 랩소디를 다 부른다. 하루가 잘 가지 않는 것은 은행 이자도 그만큼 천천히 온다는 뜻이니까 때로는 긍정적으로 생각될 때가 있다. 하지만 맨정신은 어쩐지 위태로워서 나는 과거와 미래가 한꺼번에 재앙으로 덤벼드는 섬망을 자주 겪는다.

어금니 빠진 자리를 나보다 먼저 발견한 치과 의사는 나의 불행 따위 아랑곳없이 말했다.

"술 마시면 이젠 턱을 뽑아야 할 수도 있어요!"

나는 턱을 뽑힐 수야 없지 싶어서 아무렇지 않게 대답했다.

"저는 턱보다 술과 더 오래 살고 싶어요."

정오에 실밥을 제거하고 나면 나는 새봄에 새 옷을 산 애인과 더불어 북한강으로 가야지. 강변에 앉아서 주섬주섬 술병과 마른 꽃을 꺼내 순진한 버들강아지에게 건네야지. 말 못하는 것들은 다 아름다워서 나는 홀연 평화로워질 것이다. 어금니 빠진 자리에 꽃 씨를 심을 순 없을 테니까 내가 술 마시고 꽃만큼 붉어지기로 결심하는 수요일 오전 열한 시 이십오 분!

자기에게,
타인에게
겸손해져야 할
이유

어버이날이자 부처님 오신 날입니다. 저는 이제 눈을 맞추고 손 잡을 수 있는 부모님이 지상에 계시지 않습니다. 용돈과 선물 드릴 수 있을 때가, 밥이라도 함께 먹을 수 있을 때가 행복한 때였다는 걸 해가 갈수록 더 깊이 깨닫게 됩니다. 오늘 저는 절에 가서 부처님께 인사드리는 것으로 하루를 착하게 보낼 것입니다.

제가 머리맡에 두고 늘 읽는 『빠알리 경전』에서 특히 좋아하는 부분입니다. 부처님의 인간적인 면모가, 중생들에게 복이나 주고 욕망의 다툼이나 들어주는 부처님 아닌 지극히 인간적인 모습이 드러나서 참 귀하게 읽힙니다. 『빠알리 경전』은 부처님 초기 경전입니다. 석가모니 부처님 육성에 가장 가깝다고 알려져 있습니다.

…이와 같이 나는 들었다…. 아난다 존자는 부처님께 와서 손과 발을 문질러드리면서 말하였다.

"부처님, 놀라운 일입니다. 부처님의 안색은 더 이상 맑지 않고 빛나지 않고 사지는 주름지고 물렁해졌습니다. 등도 앞으로 굽고 감각 기관의 변화가 눈에 보입니다."

"그렇다. 아난다, 젊은 사람은 늙게 마련이고, 건강한 사람은 병들게 마련이고, 살아 있는 사람은 죽게 마련이다. 안색은 더 이상 예전처럼 맑지 않고 빛나지 않는다. 나의 사지는 주름지고 물렁해졌고 등은 굽고 감각 기관의 변화가 눈에 보인다."(쌍윳따 니까야: 48 인드라야 쌍윳따 41)

부처님마저 이렇게 늙어갔다는 게 충격인가요? 사람으로 태어나면 필연적으로 겪어야 할 과정입니다. 자기에게, 타인에게 겸손해져야 할 이유이기도 합니다. 부모님이 부처님이고 예수님이고 하느님입니다. 마음으로라도 기쁘고 예쁘게 모시는 하루 되시면 참 좋겠습니다. 전화라도 얼른 꺼내 드시길…!

이 봄에
나는
늙었다

이 봄에 나는 늙었다. 쟁기처럼 늙고, 고양이처럼 늙고, 신발처럼 늙었다. 꽃이 피고 몇 번의 비가 내렸으나 나는 그런 것들에 마음을 주지 못하였다. 그리운 사람들은 지상에 여전히 많이 살아남아 있었을까. 나는 문득문득 그들의 이름과 눈빛과 손바닥에 머물던 땀의 점도를 잊었다. 나는 늙기로 작정한 경운기처럼 낑낑 늙었다.

살구나무 꽃을 보러 갔을 때 당신은 내게 말했다. 작년에 당신은 어디에서 꽃잎을 떨구고 울었나요. 나는 작년에 운 적이 없었으므로 아무런 대답을 하지 않았다. 그래서 당신은 떠난 것인지도 모른다. 나는 우물처럼 늙었다.

이토록 진지한 노화를 바라보는 내 가슴은 조금 더 늙어간다. 마지막 기차를 떠나보낸 후 돌연 폐철로가 되어버린 목행리 철길을 기억한다. 코스모스와 해바라기가 상투적이게도 능숙하게 늙어가던 풍경. 나는 이발소에서 나온 아버지처럼 파랗게 늙어간다. 이 봄에 나는 늙었다. 향림고개 너머 고단하게 웃던 깨꽃처럼이나 나는 늙었다. 술을 쏟고 얻어맞던 양조장집 노새처럼이나 나는 히힝히힝 늙었다. 아아, 시바.

5장

당신 보시라고

아무리 오랜만에 와도

어머니는 항상 여기 그대로이시네

어머니는 저 아래 어디에나 또 계실 것이다

아직
사람에
닿지 못했기
때문

 나는 어떤 사람에게도 지금 들비에게 하는 것처럼 부드럽고 친절한 눈빛과 말투를 베풀지 못했다. 나는 들비에게 아무런 것도 바라거나 요구하지 않는다. 그래서 언제나 아주 어린아이 대하듯 말하고 바라본다.

 사람에게 그러지 못했다. 늘 바라고 요구하는 것이 있었기 때문이다. 어머니에게도, 연인에게도, 옛날 애인에게도, 옛날 애인의 아이들에게도, 친구들에게도, 선배나 후배들에게도, 회사 상사나 후임들에게도, 제자들에게도, 선생님들에게도, 이웃에게도, 구멍가게 영감님에게도, 술집 알바생에게도, 지나가는 행인에게도, 목적지에 데려다준 택시 기사에게도, 그 누구에게도 나는 부드럽지 않았고 친절하지 않았다.

 개에게도 하는 것을 나는 왜 사람에게 하지 못하는가. 내가

아직 사람에 닿지 못했기 때문이다. 개에게 열리는 가슴이 사람 앞에서 닫히는 데 무슨 다른 까닭이 있겠는가. 개에게 한없이 너 그럽고 착하고 성실하면서 사람에게 거칠고 나쁘고 게으른 데 무슨 다른 까닭이 있겠는가. 개에게 아무것도 바라거나 요구하는 게 없으면서 사람에게만 끝없이 바라고 요구하는 데 무슨 다른 까닭이 있겠는가. 내가 아직 사람에 닿지 못했기 때문.

내가 아직 가야 할 사람이 멀었기 때문. 여기서 사람까지가 멀었기 때문이다, 아아.

직박구리

어머니 돌아가시고 얼마 후부터 창밖 가림 스크린 위에 새 한 마리가 날아와서 한참을 앉았다 가곤 했다. 나는 겨울에 먹을 게 마땅치 않을 텐데 싶어서 잡곡과 땅콩 같은 것들을 가끔 저 난간 위에 뿌려두었다. 우리 동네 공원에선 못 보던 새였다. 이젠 두 마리가 오기도 하고 어떤 날은 새끼인 듯 작은 아이까지 함께 온다.

나무 박사, 들꽃 박사, 자연 박사, 산 박사 우리 선배 민점호 형한테 사진 찍어서 보내줬더니 '직박구리' 같다고 하신다. 지금 한 아이가 입에 콩을 물고 이거 너 먹을래? 하면서 묻고 있는 거 같다. 새들이 오면 어쩐지 마음이 참 즐거워진다. 어머니가 도솔천에서 잘 계신다는 소식 같아서.

사람마다 저마다의 심장이 뛰고

저마다의 체온으로 살았던 것처럼

사람마다 저마다의 죽음이 찾아오겠지.

우리의 저녁과 가을이

각자의 술잔에 내리는 것처럼.

어머니 1

아무리 오랜만에 와도 어머니는 항상 여기 그대로이시네. 나는 세상에서 입은 때와 상처와 근심을 다 벗어놓고 다시 새 힘으로 갈아입은 후 산 아래 대기를 굽어본다. 어머니는 저 아래 어디에 나 또 계실 것이다.

어머니 2

어머니는 뭔가를 잘 주는 분이었다. 그걸 베푼다고 표현하는 건 좀 말랑거리는 기분이 든다. 뭔가를 잘 주었다고 말하는 게 더 사실에 닿는 것 같다. 하여간 어머니는 쌀 반 봉다리 외상으로 사 가지고 오다가도 한 끼 굶은 집에 반 봉다리의 반을 주고 오는 분이었다. 우리는 세끼를 굶고 있었다.

가난한 살림에 뭐 귀하고 좋은 게 있을 턱이 없었을 텐데도 누군가 집에 와서 저거 참 좋네, 세 번쯤 탐을 내면 두말하지 않고 그걸 내주는 분이었다. 이왕 주는 거 젤 좋은 보자기에 싸서 주었다. 나를 양자 삼고 싶어 하던 신만리 과수원집에 나를 내주지 않는 게 용할 지경이었다.

어머니는 남들에게만 잘 주는 분은 아니었다. 자식들에게도 가진 것을 다 주는 분이었다. 객지에서 유학하고 있는 형이 오면 형

몰래 딸라 빚을 내서라도 줄 수 있는 것을 다 털어주었다. 내가 고딩 시절 완전 파탄지경의 문제 학생이었을 때 텔레비전을 전당포에 맡겨서라도 술값을 내주었다. 남한테 신세 지거나 뺏어먹지 말라는 뜻이었다. 어머니는 좀처럼 자기 것이란 걸 가져본 적 없는 분이었다.

알을 낳고 죽어서 그 살마저 새끼들에게 주고 사라지는 연어처럼 어머니는 살다가 가셨다. 남녀노소 빈부귀천을 따지지 않았다. 아무리 하찮아 보이는 사람에게도 진심을 바쳐서 대했다. 바보스럽고 한심해 보일 만큼 한결같았다. 줄 게 없으면 말이라도 늘 진심으로 베풀었다. 어머니 주변엔 그래서 늘 상처받고 가난하고 외롭고 버림받은 사람들이 줄을 이었다.

어머니는 주로 남의 말을 들어주는 사람이었다. 〈아침마당〉 객석의 알바들보다 리액션의 천재였다. 내가 오늘날 '강남의 대부호'로 살 수 있는 것도 따지고 보면 다 어머니의 음덕일 터이다.

어머니는 여장부였지만 더할 나위 없는 여성이었다. 늘 뭔가를 만들었다. 술도 이것저것 담가서 쟁여두었다. 어머니는 술을 한 방울도 마시지 못하는 분이었다. 땀을 뻘뻘 흘리며 각종 잼을 만들어서 나누기도 하였다. 각종 김치와 고추장, 된장, 간장 담그는 일을 즐거워하셨다. 반찬도 늘 스무 가지 이상 밥상에 올리셨다. 그토록 가난했는데 신기할 지경이었다. 친구들이 놀러왔다가 한정식 배달왔냐고 놀랄 정도였다.

풋귤청을 처음 만들어봤다. 어머니 생각이 왜 나지 않겠는가. 풋귤청 색깔이 참 싱그럽다.

어머니 3

아무도 몰랐지만 그때 이미 어머니는 암이 많이 진행된 상태였다. 혼자 계시는 어머니한테 다들 병원에 안 가보고 뭐 하냐고 잔소리하고 짜증만 냈다. 누구 하나 어머니 모시고 병원에 갈 생각을 하지 않았다. 어머니는 언제나 아픈 사람이었고, 아파도 되는 사람이었고, 아파도 그냥 견디는 사람이었고, 마땅히 견뎌야 하는 사람이었다. 여자도 아니고 사람도 아니고 그냥 어머니니까 그랬다.

가끔 우리 집에서 함께 식사를 할 때 어머니의 얼굴이 구체적으로 보였다. 눈이 짓물러서 젖은 눈곱이 자주 끼었다. 치아가 부실해져서 음식을 자주 입가로 흘렸다. 나는 진저리를 치면서 어머니를 혼냈다. 쪼옴~ 눈곱 좀 닦아요! 음식 좀 흘리지 말고 드세요! 밥 먹으면서 말 좀 하지 말아요. 음식이 다 튀잖아요! 옷 꼴은 그게 뭐예요? 에잇! 에잇! 에잇!

어머니는 크게 잘못한 아이처럼 기가 죽어서 내 잔소리를 잠자코 다 들었다. 나는 그게 더 화가 나서 더 큰 소리로 혼을 냈다. 도대체 병원엔 왜 안 가는 거예요? 시위하는 거예요? 가뜩이나 골치 아파 죽겠는데 엄마까지 왜 그래요? 왜? 왜? 왜?

들비 눈에 낀 눈곱을 아무렇지 않게 손으로 닦아주면서, 들비가 패드 밖에 흘린 오줌을 당연하게 닦으면서, 들비가 밥을 안 먹으면 덜컥 사색이 되어 병원 전화번호부터 찾으면서 나는 생각하는 것이다. 어머니는 얼마나 외로웠을까. 아무에게도 보호받지 못하고 오직 스스로에게조차 보호자로만 살아야 했을 인생은 과연 얼마나 고독했을까. 식탁에 앉아 늦은 아침을 먹으며 문득 목이 메인다. 아아, 이 나쁜 새끼!

야야,
괜찮나?

　군대 제대한 해 여름이었을까. 어머니와 나는 독립문 영천시장 뒷골목 문간방에 세를 얻어서 살았다. 단칸방이었는데 몇 권의 책들과 옷가지를 쌓아두고 나면 둘이 눕기에도 비좁아서 칼잠을 자야 했다. 일어서면 천장에 매달아둔 형광등이 눈썹 아래 부딪쳤다. 40센티미터의 쪽마루가 있었고, 한 걸음 밖에 수돗가와 화장실이 있는 구조였다. 아 참, 대문 옆으로 나팔꽃 한 줄기가 피어 있었다.

　쪽마루에 선풍기를 세워두고 늘 방문을 열어둔 채 잠을 잤다. 고왔던 어머니는 얼마나 괴로웠을까. 하여간 그 여름도 덥기는 무지하게 더워서, 낮이나 밤이나 머리통이 순대를 푹 삶아둔 것 같았다. 늘 어지럼증을 앓았다. 부르스타로 밥을 짓고, 땀으로 팥죽을 끓였다.

밤에 어머니와 나란히 누우면, 나는 어찌 되었든 책을 읽지 않으면 잠을 이루지 못하는 버릇을 오래 간직하고 있었으므로 촛불을 켠 채 책을 읽었다. 형광등을 켜면 어머니 숙면에 방해가 될까 봐 고안해 낸 나름의 아이디어였다. 촛불을 켠 채 책을 읽으면 활자들이 너울너울 눈시울을 어루만졌다. 한여름이었는데, 글자들이 눈송이 같다는 생각을 했다. 그래도 아직 읽을 수 있는 책 몇 권이 남겨져 있어서 퍽 다행이라는 생각을 했다.

까무룩 잠이 들었을까. 별안간 꿈속이 벌겋게 일렁였다. 황홀한 영화 장면 같았다. 그런데 왜 이렇게 뜨겁지… 눈을 뜨자 쌓아둔 책들이 불에 타면서 불길이 한쪽 벽을 다 잠식하고 있었다. 천장은 검고 푸른 연기로 뭉클뭉클 충만해 있었다. 예비역 육군 병장류 병장스럽게, 용수철처럼 튕겨 일어나 한 걸음 밖의 수돗가 '다라이' 물을 불길이 나는 벽에 끼얹었다. 불이야~ 소리도 지르지 못했다. 삽시간이었는데, 평생보다 길었다. 방이 워낙 작은 탓인지 다행히도 불길이 쉽게 잡혔다. 무허가 목조 한옥이었으니까 3초만 늦었어도 다 태울 뻔한 순간이었다.

"야야, 괜찮나~?"

자다가 봉변을 당한 어머니의 첫마디였다. 야야, 괜찮나~?

폭염 때문에 울 것 같은 순간에도 나는 늘 어머니의 그 한마디가 생각난다. 어떠한 분노나 원망도 없이 아들의 안부를 묻던 그 한마디, 야야, 괜찮나~? 야야, 괜찮나~?

울고 싶은 날 어머니 만나러 삼각산 꼭대기 암자에 오르면, 어머니는 어느새 푸르른 하늘로 새 옷을 갈아입고 내 가슴을 쓰다듬는다. 야야, 괜찮데이~ 야야, 괜찮데이~ 얼른 내려가 밥 많이 먹고 새 힘내서 살거래이~.
빈속으로 올라온 나를 등 떠미신다.

단정하게 먹어야 단정한 삶을 산다.

어머니 말씀.

이외수 1

아, 나에겐 언제나 내 슬픔을 들어주던 소설가 이외수가 있었다. '지음(知音)'이 침묵하는 가을의 예감, 날마다 외롭다.

이외수 2

20~30대 시절엔 소설가 이외수와 친하다는 이유로 욕 많이 먹었다. 소위 '문학 한다'는 사람들이 더 극렬하게 욕을 했다. 이외수가 사이비이기 때문에 그와 친한 놈도 사이비라는 식이었다. '중앙문단'에서 행세깨나 한다는 문인일수록 이외수를 싫어했다. 이외수를 증오하고 혐오했다. 나도 덩달아서 개무시당하기 일쑤였다.

나는 고딩 때 이외수의 『들개』를 밤새 읽고 그의 열렬한 독자가 되었다. 『겨울나기』, 『꿈꾸는 식물』, 『장수하늘소』… 청춘이 다 흔들렸다. 그러다가 그의 '연예인적 행태'를 '여성지들을 통해' 접하고선 깨끗이 관심을 끊었다. 나 또한 엄숙하고 진지한 문청이었던 것이다. 그랬다가 아주 우연찮게 그를 만난 후 그의 인간성에 빠져서, 문학보다 아름다운 인간에 반해서 그와 술친구가 되었다.

류근은 지리산 토굴에서 술 머슴살이하고 있고, 소설가 이외수 선생님은 화천 다목리 감성마을에서 글 머슴살이하고 있을 때 새벽에 실시간으로 화답시를 주고받으며 우리는 서로의 봄을 기다려주었을까. 그 옛날 내가 등록금이 없어서 복학을 못 하고 있을 때 나를 위해 밤새 그림 그려주던 순정 소설가.

"두 점쯤 갖다 팔면 등록금이 될지도 몰라…."

내가 어찌 이 소년의 손을 놓을 수 있으랴.

이외수 3

소설가 이외수 선생님은 칭찬의 달인이었다. 삶에 겁먹고 상처받은 사람들에게 언제나 그가 눈치채지 못하는 장점을 부추겨서 일으켜 세우곤 하였다. 이를테면 시를 잃고 헤매는 나에게,

"운문을 뛰어넘고 산문을 뛰어넘은 류근의 문장은
하나의 새로운 장르다. 류근이라는 장르!
류근은 천재다."

이런 식이었다.

나도 실은 그렇게 생각한다. 데헷~

아버지는
얼마나
외로운
사람이었을까

아버지를 마지막으로 본 게 1987년 12월이었다. 새벽까지 내리는 빗소리를 들으며 문득 생각한 것이다. 아버지를, 그러니까 나는 34년 동안이나 못 보고 살아왔구나. 나는 어쩌다가 아버지를 볼 수 없는 세상을 살게 되었을까. 그 12월에 나는 군대에 갔고, 아버지는 내가 최전방에 근무할 때 돌아가셨다. 아, 아버지는 세상에 존재하지 않는 것이다!

아버지와 별로 친하지 않았다. 살아서 변변한 대화도 눈길도 나누지 않았다. 아버지는 어땠는지 몰라도 나는 주로 아버지의 아들로 태어난 운명을 저주했다. 운명을 저주하기에도 어린 나이였는데 그런 심리는 마치 누군가에게 잘 배우기라도 한 것처럼 쉽게 나를 사로잡았다. 모든 가난과 불운과 불행과 고통이 다 아버지 탓이었다. 아버지가 데려다준 목숨조차 되물리고 싶었다.

빗소리를 들으며 문득 아버지 생각이 나는 것은 참으로 난감한 일이로구나. 나는 살다가 가끔씩 손가락에 가시가 박히는 날의 빈도로 아버지 생각을 한 적이 있다. 아버지는, 그러니까 참 얼마나 외로운 사람이었을까! 아버지는 그러니까 참 얼마나 외로운 영혼 이었을까!

모든 게 비 탓이고, 비 맞고 스러지는 꽃잎들 탓이다. 꽃이 피는 소리보다 지는 소리에 더 귀가 밝아지는 나이가 된 탓이다. 마침 내 비가 그쳤고 천지에 신록이 살아오는 계절, 살아서 화해하지 못한 목숨들을 가슴에 묻어주기에 이 4월은 얼마나 깊은 계절 인가. 오늘은 곱게 머리를 빗고 누군가에게라도 좋을 편지를 써야 지. 거기서 잘 지내시냐고. 거기서 지금쯤 고요하시냐고.

배추적을
먹으며
운다

"옥자 아지매는 설거지를 끝내고 우리 집에 놀러온다⋯." 첫 문장부터 목이 메인다. 저절로 툭 떨어져 내리는 눈물 때문에 몇 줄을 읽지 못하고 한참을 허공에 머물렀다. 폐허와도 같은 세상에 '서령체'라는 경지를 남겨놓고 홀연히 떠나버린 '내 애인 김서령.' 결국 그의 유고가 된 산문집을 받아들고 나 또한 배추적을 먹으며 운다.

"개결한 명태 보푸름에서 슴슴한 무익지까지, 깊은 단맛 '난젓'⋯ 새근한 '증편'⋯ 온순하고 착한 '호박 뭉개미'"(『외로운 사람끼리 배추적을 먹었다』) 안동의 명문가 여인이 들려주는 조선 엄마의 레시피가 과연 김서령이다. 고개를 끄덕이게 하는 명문장 속에 향기롭게 지펴져 있다. 아름다운 사람 김서령⋯ 문장마다 영롱하고 잔잔하여라.

살아
있다는 것

　아래층 살던 부인이 돌아가셨다고 한다. 나랑 비슷한 연배이고 한 달쯤 전에 엘리베이터 앞에서 인사할 때도 건강해 보였다. 늦게 낳은 아들이 지금 초등학교 4학년이란다. 아이에 대한 애정이 깊었다.

　어린이날, 창문 열고 환기시키는 것조차 조심스럽다. 행여 내 숨소리라도 넘어갈까 싶어서 숨을 꾹 참게 된다. 어머니 없이 맞는 어린이날이 되겠구나. 마음이 몹시 무겁다. 누구에겐 기쁜 날이 누구에겐 더 슬픈 날이 된다. 산다는 게 참,

　그러니 나도 어서 밥을 먹어야지. 밥 먹은 지 오래되었다. 살아 있는 일이 다 기적 같다.

당신
보시라고

　부모는 죽으면 흙에 묻고 자식은 죽으면 가슴에 묻는다고 하지요. 20대 딸을 앞세운 친구 조문을 가는데 장례식장 앞에서 다리가 후들거렸습니다. 차마 못 할 조문을 하고 온 것입니다.

　일주일 동안 세 군데 장례식장에 다녀왔습니다. 꽃피는 시절에 목숨을 떠나는 사람들이 너무 많습니다. 저는 무너지지 않으려고 안간힘을 쓰는 시절입니다. 부디 죽어도 죽지 마시길 부탁드리고 싶습니다. 제발 아무도 죽지 마세요!

　한강을 걸었습니다. 초승달이, 젖은 눈썹처럼 시리게 떠 있습니다. 살아가는 일이 점점 더 의혹 쪽으로 기울어집니다. 그래도 저는 살아서 당신에게 안부를 전하겠습니다. 당신 보시라고….

　끝끝내 당신 보시라고….

그대
부디
살아 있으라

올봄엔 이 풀꽃이 유난히 자주 눈에 띈다. 낮은 자리에 피어 다정했던 민들레마저 날개를 달고 떠난 길가에 낮고 하찮게 피어서 흔들리는 꽃. 그러나 가장 깨끗하고 착하게 고개를 드는 꽃. 어린 누이 닮은 꽃. 고들빼기 꽃.

그러니 그대 부디 살아 있으라. 살아 있으면 언젠가 우리도 반드시 꽃으로 피어 마주 볼 날 있으리. 사람아.

6장

착하게 살아남는 시간

나는 사랑하는 사람이 너무 많아서

죽기가 너무 힘들어

하느님께서 말씀하셨습니다

하느님, 사람보다 우주의 질서를 사랑하셔야지요

우주는, 법칙을 맹글어놨으니

내가 죽어도 괜찮을 거야

저는 부디 돌아가시지 말라고 말씀드렸습니다

하느님마저 죽어버리면

왠지 제가 외로울 거 같았습니다

지금이
몇 신데

나는 누워서 책 읽기의 귀재다. 아령만큼 무거운 책을 붙들고서 좌삼삼 우삼삼의 자세로 밤새워 책을 읽으며 팔 근육을 키웠다. 수면장애가 심해져서 잠자기가 점점 어려워진 작금에 이르기까지 나는 술에 취해 떡실신하는 경우가 아니고선 거의 예외 없이 누워서 책을 붙들고 잠 반 독서 반… 이런 식으로 질 나쁜 잠을 잔다.

지난밤에도 아조 무겁기만 한 책을 붙들고 씨름하다가 새벽 여명에 이르러서야 겨우 살풋한 잠이 들었다. 잠이 들어봤자 또 반은 깨어 있고 반은 꿈에 시달리는 형국이지만 하여간 잠시라도 세상을 멈출 수 있으면 좋은 일이니까 늘 나는 잠이 그립다. 하여간 꿈속에서 옛날 애인들과 한참을 싸우고 있는데 별안간 드르륵, 드르륵… 핸드폰이 울어대는 것이었다. 시바, 지금이 몇 신데….

고향에서 노가다 뛰는 친구가 모처럼 일이 생겼다며 출근길에

자랑하고 싶어서 건 전화. 나는 속으로 몹시 부아가 치밀었지만 꽝 밤새 시를 쓴 시인인 척하며 아무렇지 않게 통화를 마쳤다. 그리고는 더 이상 잠들지 못하였다.

늘 이런 식이다. 잠 좀 잘만 하면 지구에 살고 있는 온갖 애인과 친구들이 밤새 전화질을 일삼는다. 비 온다고, 눈 온다고, 바람 분다고, 애인 생겼다고, 차였다고, 외롭다고, 그립다고, 슬프다고, 망했다고, 술 마시자고, 아무래도 죽어야 할 것 같다고, 너는 괜찮냐고….

시바, 괜찮을 턱이 있냐? 너 같으면 이 시간에 전화받으면서 괜찮을 턱이 있냐? 잉간들아~ 나도 잠 좀 자자. 나도 쑥과 마늘 먹은 곰처럼 잠을 자야 인간이 될 꿈이라도 조금 꿀 수 있지 않겠나. 시바, 핸드폰을 버리면 잠을 좀 잘 수 있을라나. 수면 부족으로 좀비처럼 떠버린 눈으로 이 시간에 시 팔러 나가려니 눈앞이 캄캄하다. 아아, 잠!

사람이
먼저다

초인종이 울려서 나가봤더니 우체국 집배원 아저씨가 아이스박스를 들고 서 계셨다. 생물 전복이라고 붙여져 있었는데 웬일인지 조금씩 물이 흘러내리고 있는 상태였다. 아저씨는 마치 자신의 실수로 아이스박스에 금이 가기라도 한 것처럼 미안한 표정을 짓고 계셨다. 괜찮아요~! 아저씨, 이 배송 전쟁 와중에 여기까지 전해주신 것만으로도 고맙고 고마울 뿐입니다. 전복도 다 살아 있으니 염려 마세요~!

나라 걱정하느라 명절 무렵에 고생하시는 분들을 행여 잊고 있는 건 아닌지 모르겠다. 나보다 어려운 분들을 잊고 사는 건 아닌지 모르겠다. 늘 받는 게 너무 많다.

볼 때마다 덩달아서 쓰레기가 될 것 같은 뉴스보다도, 볼 때마다 암이 유발될 것 같은 정치인들보다도, 볼 때마다 의심을 배가

시키는 검찰보다도, 볼 때마다 공포를 불러일으키는 국제 정세보다도… 사람이 먼저다. 사람답게 살면서 사람 생각하며 살자! 그러자고 명절이 있는 건데….

더불어
사는
일

관우 형네 집에 불이 났었다. 딱 이 무렵의 봄날이었다. 당시로선 밀주였던 막걸리도 만들어 팔고, 겨울엔 두부와 도토리묵도 만들어서 팔던 집이었다. 허름한 목조 가옥이었을 텐데 한쪽에는 초가지붕도 있었던 것 같다. 삽시간에 불이 커졌다. 나는 초딩 3, 4학년이나 되었을까.

놀라운 일이 벌어졌다. 연기가 보이자마자 관우 형네 집에서 개울까지 직선거리 200여 미터 되는 밭을 가로질러 그야말로 눈 깜짝할 새 양동이와 세숫대야 등을 들고 나온 마을 사람들이 일렬로 도열해서 '전달'식으로 물을 퍼대었다. 의용소방대 리어카가 달려오고, 쇠스랑과 긴 낫을 든 아저씨들이 달려오고, 몇몇의 아주머니들은 울며불며 불길로 달려들려 하는 관우 형 어머니를 말리고, 마을에 하나밖에 없던 교회 목사님은 웬일인지 젤 먼저 지붕 위에 올라가서 불을 끄다가 떨어지고… 남녀노소가 따로 없었다.

면 대항 체육대회보다 더 치열하고 전의에 들끓었다.

불이 꺼졌어도 관우 형네 집은 흔적만 겨우 남았다. 그러나 어른들은 이웃집들로 불이 옮겨붙지 않은 것으로 가슴을 쓸어내렸다. 졸지에 가산을 다 잃은 관우 형네 부모님은 망연자실해 했지만 그 와중에도 마을 사람들에게 폐를 끼쳤다며 고개를 숙였다.

나는 속으로, 당분간 완신네 할머니 막걸리 심부름하며 홀짝홀짝 술 훔쳐 먹을 일이 없어졌네, 하며 섭섭해하였다. 마른 흙먼지가 바람을 타고 매캐하게 몸을 일으키는 봄날이었다.

그러면 관우 형네는 이제 어떻게 사냐고? 뭣이 걱정인가. 홍선이 형네 문간방이 비어 있고, 쌀이며 이부자리며 옷가지며 부엌세간이며, 관우 형 학교 댕길 학용품이며 다 십시일반으로 하루 만에 마련되었는데. 조부랄네 벽돌공장에서 새로 집 지을 벽돌을 내놓았는데. 교인들이 모금해서 슬레이트 지붕까지 들여놓았는데….

두어 달쯤 지났을까. 관우 형과 우리 꼬맹이들은 마을 토끼봉 중턱에 모여 앉아서 아카샤 꽃잎 반죽으로 몰래 꽃 부침개를 부쳐 먹다가 이런 봉변을 당하였다.

"야~ 이놈들아! 거기서 불장난하다가 이젠 교회마저 태워먹을 생각이냐? 어서 썩 내려오지 못혀~!"

관우 형네 지붕에서 떨어져 발목을 삔 목사님이었다.

어떤 어른은 내게

아이들이 세상을 원망하게 되는 것은

다 어른들 탓이라고 말했다.

나는 독립문 로터리 육교 아래 만화 가게에서

허영만의 『고독한 기타맨』을 읽으며 울었다.

좀처럼 봄이 오지 않는 시절이었다.

울음을
참는
사람들

어제는 두 끼를 밖에서 해결했는데, 공교롭게도 두 번 다 내가 주문한 것과 다른 음식이 나왔다. 계산서에 분명 바르게 명시가 돼 있는 걸로 봐선 홀이나 주방 사이의 소통 문제가 아닌가 싶다. 이 더위에 음식을 주문받고, 조리하고, 나르고, 계산하고 하는 일이 얼마나 고되고 지치면 주문과 다른 음식이 자꾸 나올까 싶어서 나는 소극적 항의도 하지 않은 채 그냥 주는 대로 먹었다. 한진 일가에게 이런 일이 벌어졌으면 아마 밥그릇이 날아갔겠지? 뭐 이렇게 혼자 빙글거리면서.

요즘은 반바지에 슬리퍼에 난닝구에 아무거나 하나 걸치고 외출을 한다. 그 차림으로 안 가는 데가 없어서 심지어는 장례식장 앞에서 아뿔싸~ 걸음을 멈춘 적도 있다. 평소 반팔 티셔츠도 잘 입지 않는 내가, 이런 모습으로 댕기는데도 다들 너그럽게 봐주는 것 같다. 술 마시다가 웃통을 벗고 아예 난닝구만 입고서 벌겋게 앉아 있어도 걍 봐준다. 너무 더우니까 오히려 서로 너그러워지는 경지도 있는 것이다.

　거리에서 보면, 이 여름을 건너는 사람들 표정이 어딘지 조금씩 울음을 참는 사람들처럼 보인다. 모두들 이 뜨거워진 지구 위에서 저마다 고통을 견디고 있는 것이다. 살아서 숨 쉬는 것만으로도 고통이 되는 삶 속에서 이제 우리가 먹어야 할 마음은 무엇일까. 아마도 그것은 베푸는 것. 스스로에게 베풀고, 너에게 베풀고, 그에게 베풀고, 삼라만상에게 베푸는 것.

　그럴수록 삶이 헐거워져서 그사이로 바람도 불고 시냇물도 흐르고 별도 흐르고 계절도 지나가지 않으리. 이 고통 지나가지 않으리. 아아, 내가 라면 떨어졌다고 이런 말 하는 거 절대 아니다, 시바.

오직
여름만
있던
방

군대 제대하고는 오갈 데가 없었다. 완전히 망해서 '지상의 방한 칸'이 없었다. 어머니는 작은형 집에서 조카를 보며 더부살이를 하고 있었다. 그 작은 아파트에 나까지 얹혀살 수가 없어서 참괴로웠다. 나는 이태원 뒷골목 후배의 카페 골방에서 곰팡이처럼서식하다가 막내 이모네 집 사촌동생 방에 몇 달 얹혀살았다. 이모는 서른한 살 무렵에 이미 아이 넷을 둔 과부가 되었다. 올곧고바른 분이었다.

어찌어찌 어머니가 구한 방은 독립문 영천시장 뒷골목에 있는단칸방이었다. 거기서 겨울과 봄과 가을을 났는지 기억이 나지 않는다. 오직 여름만 있던 방이었다. 어머니와 나와 책 몇 권이 누우면 송곳 꽂을 틈조차 없는 방이었다. 내가 일어서면 머리가 천장에 닿았다. 부엌도 없이 내 종아리만한 쪽마루에서 밥을 하고 국을 끓였다. 1미터 전방 양철 대문 옆으로 메꽃인지 나팔꽃

인지가 자라고 있었다.

여름만 있던 방은 숨조차 쉬기가 어려웠다. 고물상에서 산 신일 선풍기가 있었는데 그놈조차 헉헉 뜨거운 숨을 몰아쉬었다. 어머니와 나와 선풍기 셋이서 서로 얼굴을 마주 보며 질식할 것 같은 낮과 밤을 보냈다. 나는 웃통을 벗고 자주 등물이라도 했으나 어머니는 그럴 수조차 없었다. 어머니는 그런데도 순 경상도 문경식 억양으로 말했다.

　　"나는 괜찮아여~."

그때 어머니가 영천시장에서 사다 준 옥수수를 먹고 나는 사나흘 죽다가 살아났다. 식중독인 것 같았다. 어머니는 너무 마음 아파했지만 나는 그런 나를 보고 마음 아파하는 어머니가 더 마음 아팠다. 미안하다. 문장이 이럴 수밖에 없을 만큼 내 마음이 아팠다. 군대는 댕겨왔지만 생활력이라곤 젬병이었다. 땀을 뻘뻘 흘리며 시를 쓰고 책을 읽는 것밖엔 달리 할 게 없었다. 아니다. 어쩌다 착한 애인이 오면 영천시장에서 천 원짜리 냉면을 시켜놓고 소주도 마셨다. 취하면 심장이 멎을 것처럼 인생이 더 푹푹 쪘다. 우리한테 희망이란 게 있기는 한 걸까?

폭염이 시작되니까 본능적으로 그 여름의 기억이 덤벼든다. 가난은 상처 같은 것이어서 그것이 지난 뒤에도 꼭 흉터를 남긴다. 여름만 되면 흉터가 막 자라나서 우울해진다. 지금 쪽방에서 여름을 나고 있다는 사람들 뉴스를 보면 자꾸만 속이 울렁거리고 토할 것 같다. 나 거기서 간신히 여기까지 왔으나 아직도 나는 그 공포에서 벗어나지 못하였다. 지금 고통받고 있는 사람들을 기억해야 한다. 지금 내가 서 있는 자리가 행여 그들의 불운을 밟고 서 있는 자리가 아닌지 살펴야 한다. 오늘은 하느님도 더워서 울고 계실 거 같다.

심적사

절에서 숟가락만 들고 돌아댕기다가 어디든 앉으면 내복 바람에 씻지도 않고 빌빌거리는 꼴을 보더니 잠시 일 도와주러 온 보살이 한심한 눈으로 말했다. 도대체 아저씨는 뭐 하는 사람이에요? 뭔가 좀 모자라 보여요. 아저씨 진짜 우리 스님하고 친구 맞아요?

나는 사실 술병이 나서 낑낑 앓고 있었던 건데 보살은 나의 고행을 못 알아보고 지속적으로 구박을 했다. 그리고 웬 절이 그렇게 추운가. 나는 김앤장 변호사 연봉을 주고 판검사만한 개권력을 준다고 해도 스님은 못 해먹겠더라. 새벽마다 도량석에, 예불에, 눈 오면 제설 작업에, 청소에, 가끔 나 같은 마구니 술꾼맞이에….

그래도 사람 보기 힘든 절에 내 페친들이 찾아와서 커피를 청해서 마시고 가는 일이 종종 있다고 한다. 예외 없이 모두가 맑고

선량한 분들이라고. 그런데 불교 신자가 아니어서인지 절에 와서 부처님께 인사도 안 드리고 그냥 커피만 마시고 간다고 보살이 또 한마디를 보탰다. 뭐 그럴 수도 있는 거지.

그래도 명예 신도회장으로서 걱정되니까 고즈넉이 말씀드리건 대 가끔 시주도 좀 하고 그러시라. 세상 물정을 몰라서 나보다 더 가난한 중이 내 친구 심적사 원돈 스님이다. 올 때 시래기 한 봉다 리 얻어온 게 두고두고 맘에 걸린다. 겨우내 중과 고라니와 산토끼 가 나눠먹어야 할 식량인데….

기죽지
말란
말여

중학교 3학년 개학 이튿날 서울로 전학을 왔다. 뭔가 서류 미비로 하필이면 하루가 늦어서 나는 전교에 촌놈이라는 소문이 막 났다. 음악 선생이 출석을 부르다 말고, 너 어디서 왔니? 라고 물었을 때 나는 아주 허물없이 대답을 하였다.

"저으기요~."

나는 그게 왜 놀림을 받아야 하는지도 몰랐다. 아무튼 내 별명은 한동안 '저으기'였다.

하지만 나는 예나 지금이나 참 해맑고 잘생긴 사람 아닌가. 요즘 20대 사진 올리는 게 유행이라던데 가만 보면 다 늙은 분들이 과거를 막 자랑하고 싶은… 이렇게 말하다가 우리 동네에선 일곱 명이 사살당하기도 했다. 아무튼 나는 잘생겨서, 다들 촌놈인 것을 잊었다. 어제 내 애인은 내 말을 안 믿었다. 내가 한 말은 내가 잘생겼다는 게 아니었다.

충주 미덕중학교 댕길 때 내 친구 중에 '돌미륵'이라는 놈이 있었다. 혹시 이 글을 읽는 친구들이 있다면 다 기억할 것이다. 그는 얼굴이 노래지도록 화장실도 안 가고 책만 읽었다. 과학책과 수학책이었다. 그리고 그는 시험만 보면 꼴찌를 했다. 열심히 공부하고 막 꼴찌를 하고 그래서 나는 그를 존경했다. 공부는 시험에 드는 장르가 아니니까.

고딩 2학년 여름 방학에 그가 우리 집에 왔다. 이 문장처럼 문득 왔다. 나는 고딩이었는데 그는 고딩이 아니었다.

"나는 말여~."

그가 말했다.

"나는 다른 공부를 좀 했어."

그때 우리 집이 독립문 바로 앞이었다. 그는 밤에만 보여주겠다면서 내가 영천시장에서 술 마시는 동안 묵묵히 시계를 보았다. 새벽 두 시까지 그는 시계만 보았다. 그러더니 드디어 시간이 되었다면서 나를 독립문 앞으로 데려가는 것이었다. 잘 봐라.

  그는 독립문을 홀쩍 뛰어넘었다.
  발을 딛지도 않았다. 진짜 단숨에 독립문을 뛰어넘었다. 내가 눈앞에서 벌어진 일을 도저히 믿지 않자 그는 숨을 조금 고르는 것 같더니, 짧게 말했다.

  "이 모든 걸 다 꿈이라고 생각해라."

  인생이 다 꿈이라고 생각하기도 전에 그는 표표히, 돌아갔다. 내가 새벽 2시 40분에 끓여준 라면을 먹고, 물도 안 마시고 그는 그 새벽에 어디론가 사라졌다.

  "니가 촌놈이라고 말여. 어디 가서 기죽고 그럴까 봐 내가 온겨. 그러니까 니는 말여. 마음속에 뭔가 슬픔 같은 게 덤비고 그러면 말여. 내가 공부 열심히 해서 독립문을 뛰어넘는 것 같은, 꿈을 생각하란 말여. 기죽지 말란 말여."

  수십 년을 못 봤는데, 엊그제 소백산 아래 사는 유식이 형이 말해줬다.

"갸가 말여. 어제는 소나무 가지 위에 가만히 앉아 있더라고. 그 소나무 아래 눈이 잔뜩 쌓였더라니께~."

아는 게 많은 사람보다

느끼는 게 많은 사람이

훨씬 더 이 세계에 도움이 되는 경우가 많습니다.

그는 저절로 하느님의 마음을 살고 있는 것입니다.

낙원동
영감님

　가끔은 낙원동 2천 원짜리 우거지 해장국이 미친 듯 먹고 싶은 날이 있다. 1만 원어치 택시를 타고 낙원상가 모퉁이에 앉으면 대부분 연고도 없이 합석을 하게 된다. 엊그제는 내가 앉으려는 자리에 어떤 초로의 영감님이 막걸리 한 병을 들고 함께 앉으려다가 그만 중심을 잃고 넘어지려는 찰나에 내가 얼른 팔을 붙들어서 무사히 착석을 할 수 있었다. 영감님은 전작이 있는 것처럼 보였고, 나는 숙취에 이즈러진 한낮이었다.

　서로 말없이 영감님은 막걸리를 마시고 나는 소주를 마셨다. 내가 반쯤이나 마셨을까… 그새 막걸리와 해장국을 다 비운 영감님이 일어서면서 이러시는 것이었다.

　　"이게 안 비싸니까 내가 내는 거예요. 그냥 앉아 있어요~."

나는 황급히 손을 내저었지만 이미 영감님은 전부 합쳐서 1만 원을 계산하고 인파 속을 헤쳐 가버리신 뒤였다. 아, 내가 이걸 얻어먹으면 안 되는 건데… 내가 서둘러 나가서 말렸어야 하는 건데….

영감님은 나의 가벼운 부축이 고마웠던 것일까. 아니면 젊지도 늙지도 않은 놈이 낮술 마시고 있는 모습이 측은했던 것일까. 나는 고개를 주억거리며 혼잣말처럼 또 읊조렸다.

"아주머니, 여기 소주 한 병만 더 주세요~!"

내
쓰러진
별자리에

저녁 강변을 걷다가 문득 당신 이름을 생각했다. 이름 뒤에 물 안개처럼 갈씬거리는 한 시절의 당신 눈빛을 생각했다. 내 그리움은 이제 "나뭇잎 하나 푸르게 하지 못"할 만큼 속절없는 것이지만, 때로 날이 저물고 시간의 흐린 모서리가 낯설어질 때마다 눈 감고 돌아가고 싶은 추억은 늘 있다. 추억의 힘과 그리움의 힘은 같은 높이의 음계를 가진다. 그러므로 내 노래는 언제나 길 없는 허공에 발이 묶인다. 견고한 진자처럼 제자리를 떠돈다.

그리고 아, 9월. 더 이상 돌이킬 수 없는 세월이 당신 쪽으로 내 쪽으로 깊어지겠지. 잊혀진 만큼 헐거워진 내 그림자 조금씩 길어지겠지. 그래도 나는 살아서 저녁 불빛 속으로 또 휘청거리며 사라질 것이고 어느 주홍의 선술집에서 가슴 흐리며 눈이 멀 것이다. 그리운 당신, 그리운 당신. 내 쓰러진 별자리에 9월이 온다.

도레미슈퍼

대학교 2학년, 학교 가는 길에 아주 작은 구멍가게가 있었다. 가게도 작았을뿐더러 주인아저씨와 아주머니도 아주 작았다. 아저씨는 곱추였고, 아주머니는 두 다리를 쓰지 못하는 소아마비였다. 간판조차 작아서 '도레미슈퍼'라는 글씨가 잘 보이지 않았다. 그 도레미슈퍼 앞 평상에 앉아서 막걸리 두 병을 마신 후 시험을 보러 가면 모든 문제들이 너무나 쉽게 풀렸다. 모르는 문제는 풀지 않으면 되는 것이었다!

도레미슈퍼 주인아저씨와 아주머니는 낯빛이 유난히 맑고 온화했다. 큰 소리로 말하지 않았고, 서로 존대하며 착하고 순한 아이들을 키웠다. 아저씨가 자기보다 훨씬 큰 짐발이 자전거에 물건을 싣고 배달하거나 떼러 가는 모습이 가장 큰 욕심처럼 보일 정도였다. 그때 이미 나는 형편없이 망가진 얼치기 폐인 흉내에 절어 있었지만 그 부부의 무욕과 고요한 몸짓이 참 평화롭고 좋았다. 당연히 나는 도레미슈퍼 단골이 되었다.

그냥 단골이기만 하면 참 좋았으련만 나는 지독하게도 불량한 단골이었다. 폭망한 집안 탓에 생활비가 끊겨서 하루 세 끼를 라면으로만 지탱하던 무렵이었다. 나는 상습으로 외상을 하였다. 아침은 안성탕면, 점심은 이백 냥, 저녁은 짜파게티, 아침은 안성탕면, 점심은 삼양칼국수, 저녁은 소주 두 병…. 이렇게 한 달 이상을 잔뜩 외상만 하다가 흐지부지 군대에 갔다. 아저씨와 아주머니는 외상하는 동안 단 한 번도 독촉을 하지 않았다. 그저 묵묵히 장부에 적어만 둘 뿐이었다. 군대에서도 가끔씩 두고 온 외상값 때문에 우울할 때가 있었다.

복학을 하고 나서 도레미슈퍼에 찾아갔을 때, 감쪽같이 그 자리가 지워져 있었다. 꿈이었던가 싶게 지상에서 지워져 있었다. 나는 한동안 망연해져서 허공을 바라보았지만 그뿐이었다. 곧 까맣게 잊은 채 지금까지 살아왔다. 그 외상 장부에 적힌 내 이름이 하얗게 바래질 만큼의 세월이 흐른 것이다.

때로 불운에 올 때마다 왜 내게 이런 일이 닥치는가 탄식하고 원망하게 된다. 하느님이 유독 내게만 나쁜 짐을 지워준 게 아닌가 의심하게 된다. 그러나 요즘 가만히 생각해 보건대, 세상에 어찌 원인 없는 결과가 있을 것인가. 하다못해 나는 내가 그토록 좋아하였던, 무욕과 고요와 신뢰로 내게 무한 외상을 제공하였던 분들의 호의마저 망각한 채 오늘까지 살아온 게 아닌가. 그러니 내 탓이 아니라고 믿는 모든 불운과 불행이 다 헛되고 헛되다. 모든 것이 다 내 탓이다. 내 큰 탓이다. 아아, 시바!

기억나는
그 무엇에
대해서

　우리 집은 충주 독일 제과였다. 충주에서 제일 높은 집이었다. 4층 아니면 5층이었을까. 충주는 육이오 때 유난히 폭격을 더 맞았을 리도 없을 텐데 높은 건물이 없었다. 납작하고 납작한 건물들이 채송화처럼 낮은 키로…라고 말하면 말도 안 된다. 채송화는 색깔이라도 곱지. 다시,

　납작하고 납작한 건물들이 참 게으르고도 당연한 표정으로 부려져 있었다. 동네에 돈이 굴러다닌다고 했다. 충주에는 금광도 있고, 활석 공장도 있고, 엽연초와 사과와 삼성 제사공장과… 무엇보다 소년 류근과 남한강이 있었다. 믿거나 말거나 아주 부자 동네였다. 소리도 소문도 없이 돈이 굴러다닌다고 했다.

　국민학교는 2부제 수업을 했고 아이들은 넘쳐났고 중학교, 고등학교마다 까맣고 하얀 교복을 입은 학생들이 날아다녔다. 목행리

엔 충주 비료공장까지 있었다. 그 굴뚝에서, 꾸역꾸역 두껍고 높게 피어오르던 연기를 우리는 박정희 대통령의 위대한 업적처럼 사랑했고 긍지를 느꼈다. 다시,

나는 충주 독일 제과집 아들이었다. 디제이 박스가 있었고, 상주하는 디제이가 네 명이었다. 독일제 고급 오디오 장치가 있어서 참 많은 형과 누나들이 거기 디제이 박스에 앉고 싶어 했다. 마산에서 온 디제이 형은 눈물이 많았다. 충주공업전문학교 댕기던 누나를 사랑한다고 했다. 나는 국민학교 4학년이거나 5학년이었을 텐데도 그때 그 연애 감정을 다 느낄 수 있었다. 멀쩡히 앉아 있다가 그 누나가 휙 돌아서 가버리면, 그 형은 따라잡지 못했다. 소아마비였다. 사랑해선 안 될 사람을 사랑하는 죄라서…는 사실 우리 작은누나 상습 신청곡이었다.

장사는 잘되기도 하고 못되기도 했을 텐데 우리 집은 늘 어려웠다. 어머니 혼자서 객지에서… 순 사채였다. 허우대는 멀쩡했지만 돈 벌어서 사채업자들 배나 불리는 앵벌이였다. 학교에서 집에 오면 방 안 가득 사채 아줌마들이 모여 앉아서 고스톱판을 벌이고 있거나 술판을 벌이고 있었다. 어머니는 술도 한 잔 마실 줄 모르고 화투장의 색깔도 맞출 줄 몰랐다. 나는 그 아주머니들이 가끔씩 던져주는 개평을 모아서 북문다리 아래 중국집에 가서 짜장면을 사먹었다. 벽에 매달려 있던 장개석 얼굴이 잘 기억이 난다.

맨 꼭대기 층에는 빵 만드는 공장이 있었다. 충청북도에서 거의 유일한 독일 빵 기술자가 우리 제과점 공장장이었다. 아무하고나 말을 섞지 않았다. 아내를 몹시 사랑했다. 아내가 공장에 와서 맨날 서 있었다. 지나가는 새만 바라봐도 눈을 흘겼다. 화덕에서 빵들이 나올 때마다 그 아내는 소리쳤다. 당신 최고예요~!

공장의 조수는 박 군이라고 불리었다. 장래 희망이 권투선수였다. 자기 체급이 딱 주니어 미들급이라고 했다. 류제두를 이긴 와지마 고이찌를 미워했다. 사실 나도 와지마 고이찌는 참 싫었다. 시바, 그 지저분한 개구리 전법… 공장장이 자리를 비울 때마다 그는 빵 반죽을 매달아놓고 펀치 연습을 했다. 주먹을 내뻗을 때마다 바람을 가르는 소리가 났다. 그거슨 입에서 나는 소리가 절대로 아니었다. 그거슨,

세상에는 굳이 말하지 않아도 되는 비밀 같은 게 조금은 남겨져 있어도 괜찮은 게 아닐까? 박 군 형아는 우리 집이 망할 때 빚쟁이들 앞에서 주먹을 휘두르…는 나를 붙들고 엉엉 울었다. 입에서 나는 소리가 아니었다. 박 군 형아는 몇 년 후에 삼청교육대에 끌려갔다. 묻는 말에 바로 대답을 하지 않았다는 이유였다. 그는 심하게 말을 더듬었다.

4층 아니면 5층에서 바라보면 충주 시내가 잘 보였다. 나는

지금도 독일 빵과 뭐 나머지 나라의 빵을 구별하지 못한다. 그러나 4층 아니면 5층에서 바라보던 충주 시내의 지붕들 빛깔과 소년원 하얀 건물이 버즘처럼 번져 있던 계명산과 중앙시장 얼음 공장의 자동 톱날 소리와 못 먹어도 고!를 외치던 사채업자들의 악다구니와 디제이 박스 안에서 흑흑 흐느껴 울던 소아마비 디제이 형의 안경알과 박 군 형아의 둥근 주먹을 기억한다. 독일 빵 맛을 다 잊고도,

기억나는 그 무엇에 대해서 나는 이야기가 하고 싶었던 것이다. 그러므로, 그러니까 나는 충주 독일 제과집 아들이었다. 세월이 여기서 독일보다 멀리멀리 흘러갔을 뿐.

들비,
내 술친구

들비는 나를 닮아서 왼쪽 눈부터 존다. 나는 외로워서 갑오징어 숙회를 놓고 운다. 들비는 갑오징어 숙회를 좋아하고, 나는 들비의 조는 눈을 좋아한다. 우리는 참 좋은 술친구.

저는
여전히
배우는 게
많습니다

들비는 어미와 함께 버려진 강아지였습니다. 생후 2개월이 채 되지 않았을 무렵에, 혼자 키우던 영감님께서 아들 집으로 들어가며 방치하게 된 것을 평소 애견가인 제 셋째 형님이 구해다가 분양한 것입니다. 둘 다 키울 수 없어서 피부병 걸린 어미는 충주 큰누나 집에, 들비는 저에게 안긴 것이지요.

들비는 참 놀라운 강아지였습니다. 시끄러우면 미움받는다는 걸 아는 것인지 통 짖지를 않았습니다. 말 못하는 개인 줄 알았는데, 1년쯤 지난 어느 날 제가 귀가하자 딱 한 번 멍! 하고 짖었습니다. 그게 녀석의 가장 큰 인사였습니다. 지금도 반가운 사람이 집에 오면 딱 한 번씩만 멍멍! 짖어줍니다. 평소엔 어떠한 경우에도 짖지 않습니다. 이렇게 점잖고(품격이 속되지 않고 고상함) 덕스러운 존재를 나는 별로 겪어본 바가 없습니다. 들비는 엎드려서도 앞발을 꼬고 있을 만큼 품위가 남다릅니다. 저보다 백배 폼이 난다는 뜻.

　3년쯤 전 어느 날 들비가 발작을 했습니다. 처음 보는 광경이었는데, 저는 직감적으로 그게 심상찮은 질환이라는 것을 느꼈습니다. 병원으로 달려가서 이것저것 검사를 했습니다. 과연 (이유를 알 수 없으나) 선천적 뇌전증(간질)이라는 진단이 나왔습니다. 달리 치료약이 개발돼 있지 않은 난치병이었습니다. 수의사 선생님은 투약에 신중했고, 발작할 때 주의 사항 정도만 일러주었습니다. 들비는 주로 환절기에 발작이 왔습니다. 곁에서 지켜보는 것조차 고통스러울 만큼 들비의 발작은 격렬했습니다. 3분씩, 5분씩… 하루에 세 번씩, 그렇게 사흘씩… 병원에 데려가서 진정제와 항경련제 처방을 받고 나면 겨우 회복해서 정상으로 돌아왔습니다. 그러면 또 몇 개월 아무렇지 않게 잘 생활했습니다.

　요 며칠 전엔 새벽에 두 시간 이상을 발작했습니다, 저러다 죽을 수도 있겠다는 공포감이 들었습니다. 경련 때문에 뻣뻣해진 들비를 들쳐 안고 24시간 동물 병원 응급실로 달려갔습니다. 진정제와 항경련제를 주사하고도 경련이 멎지 않았습니다. 겨우 진정되었으나 그때부턴 의식이 돌아오지 않았습니다. 그렇게 이틀… 정신이 조금 돌아오자 울기 시작했습니다. 마치, 여기다 나를 버리고 가지 마, 혼자 두지 마~ 이런 애원 같았습니다. 몸을 가누지도 못했습니다. 그대로 안고 집으로 데려왔습니다. 병원보다는 차라리 집에서 보살피는 게 낫겠다 싶었습니다.

　의식도 오락가락하면서 몸을 일으키지 못하는 상태가 지속됐습니다. 발작의 후유증이라고 했습니다. 그러다가 비틀비틀 일어났는데… 배운 대로 패드 위에 소변을 보려는 필사의 몸부림이었습니다. 그러나 그게 어디 뜻대로 되어야 말이지요. 파킨슨병 환자처럼 비틀비틀 걷다가 쓰러지고 쓰러지고…. 누군가는 그 상태가 고착될 수도 있다고 했습니다. 그러나 들비는 놀랍도록 의지가 강했습니다. 쿵쿵 부딪치고 자빠지면서도 포기하지 않았습니다.

　들비는 이제 평소 기능의 85퍼센트 정도 회복이 되었습니다. 무리하지 않는 수준에서 산책도 가능합니다. 비록 하루 두 번씩 평생 약을 먹어야 하지만, 발작이라도 멎을 수 있다면 그 정도 불편은 감수해야겠지요. 약값이 만만찮습니다(한 달 약 30여만 원×평생). 동물 병원비용에 대해서는 따로 이야기를 좀 해야겠습니다. 유기견 문제와도 관련이 되는 사안일 테니까요.

　들비의 안부를 전하다 보니 말이 좀 길었습니다. 들비는 여전히 다정하고 부드럽습니다. 저는 여전히 들비에게 배우는 게 많습니다. 위로받고 또 위로받습니다. 들비는 점점 더 좋아질 것입니다. 제 인생도 점점 더 좋아질까요? 잘 모르겠습니다. 또 안부 전하겠습니다.

아무
탈 없이

내가 비틀린 자세로 세상을 떠도는 동안 들비는 늘 다소곳이 세상을 응시한다. 때로는 아무 까닭도 없이 내 지난 잘못들을 고백하고 싶어진다. 고개를 갸웃거리며, 그러나 절대로 가볍게 놓치는 법 없이 들비는 내 슬픔에 가만가만 귀를 기울여준다.

들비가 많이 아프다. 주말 사이에 다른 개가 되어버렸다. 선천적으로 난치병을 가지고 태어났지만 그래도 어느 정도 조절이 가능했는데(가능하다고 믿었는데), 이번엔 상태가 너무 심해서 주말 새벽에 24시간 동물 병원 응급실로 달려가야 했다. 의식까지 잃은 채 이틀을 입원… 눈을 뜨고선 계속 울기만 하는 들비를 차마 두고 올 수 없어서 집으로 데려왔으나 몸을 가누지도 못하고 일어서지도 못한다. 여러 가지 이유가 있을 수 있으니 조금 더 지켜보자는 것밖엔 나도 병원도 속수무책…. 며칠 사이에 어찌 이럴 수가 있단 말인가.

한 솥의 밥을 나눠먹는 관계를 '식구'라 하고, 그 밥을 나눠먹는 가축들을 따로 '생구'라 한다. 그러나 나에게 들비는 그냥 식구이고 가족일 뿐이다. 집안에 갑자기 쓰러진 가족이 생겼다. 사나흘 사이에 모든 것이 달라졌다. 몸을 가누지 못하는 들비 곁을 지키느라 나 역시 자는 것도 먹는 것도 영 남의 일이 되었다. 자기 고통을 말로 표현할 수 없는 짐승이다 보니 더 눈길을 뗄 수가 없다.

나 역시 요즘 들어 마음고생할 일이 많았다. 생각해 보면 집안에 나쁜 공기가 감지될 때마다 들비의 상태가 나빴다. 이번 역시 그런 무게를 교감한 게 아닐까 싶어 더 마음이 아프고 안타깝다. 어른들 말씀이, 좋은 일 많기를 바라지 말고 늘 무고(無故)하기를 바라라고 했다. 아무 탈 없이 고요할 때가 좋은 때라는 사실을 잊고 산다. 반성과 감사를 잊고 산다. 거듭 스스로를 깨우칠 일이다.

들비야, 어서 기운 내고 일어나거라. 너에겐 끝까지 너를 지켜줄 반려가 있다! 우리 들비 파이팅!

봄 앓이 하느라 또 며칠 강아지처럼 앓다가 보니

내 몸에서 들비 냄새가 난다.

들비에게선 점점 내 냄새가 난다.

함께 산다는 것은 서로의 체취를 공유하는 일

서로의 체취를 닮아가는 일이다.

꽃과 살면 꽃 냄새, 나무와 살면 나무 냄새

장수풍뎅이와 살면 장수풍뎅이 냄새, 전쟁과 살면 전쟁 냄새

별과 살면 별 냄새, 하느님과 살면 하느님 냄새….

들비는 나랑 사니까 아아, 미안! 술 냄새.

도라지를
까던 밤

　아버지와 불화했던 나는 학력고사 1개월여를 앞두고 결국 병든 아버지와 크게 싸운 후 집을 나왔다. 나와서는 어디 남쪽 도시라거나 먼 나라로 가는 항구에서 밀항을 도모하지도 못한 채 고작 Y고 문예부 친구네 집으로 들어갔다. 장안동에 있는 방 두 개짜리 12평 아파트에는 홀어머니와 중학생 동생이 함께 살고 있었다. 친구의 어머니는 밤새 도라지를 까서 잠시 눈을 붙인 후 청량리 어디쯤에선가 좌판을 벌여서 그걸 팔아 생계를 꾸렸다. 우리 집도 더 갈 데 없이 가난했지만, 친구네 역시 찢어지게 가난했다. 그런데도 별안간 찾아간 나를 길 잃은 사슴 새끼 껴안듯 받아줬다. 고등학교 3학년 가을이었다.

　장안동에서 보광동 학교까지는 멀고도 먼 길이었다. 등굣길보다 학교에서 장안동 친구네 집으로 가는 길은 더 멀고도 먼 길이었다. 그래서 나는 날마다 어쩔 수 없이 이태원이나 남영동에서 체력을 비축한 후 다시 버스를 타야 했다. 소주 너댓 병을 쓰러뜨린 후 적당히 체력이 비축됐다 싶으면 아조 슬프고 외롭기 짝이 없는 소년의 표정으로 친구네 집으로 갔고, 아직 아무도 돌아오지 않은 집 빈방에 서서 오래오래 노래를 불렀다.

산꼭대기 세워진 이 불나무를
밤바람이 찾아와 앗아가려고
타지도 못한 덩어리를 덮어버리네
오~ 그대는 아는가 불꽃송이여
무엇이 내게 죽음을 데려와 주는가를

— 방의경, 〈불나무〉 중에서

잠이 오지 않는 밤이 거듭됐으므로 나는 밤마다 친구 어머니와 마주 앉아 도라지를 깠다. 학교는 날마다 지각이었고, 머나먼 길에서 술을 마셨고, 노래를 불렀고, 그러다가 학력고사 날 친구 어머니가 싸주신 도시락을 들고 시험장엘 갔다. 그때 풀었던 문제들이 지금까지 다 기억난다. 이를테면 "다음 중 네 인생이 이제 얼마나 더 망가질 것인가를 고르시오" 같은 문제들…. 오늘이 수능일이라고 하니까 문득 서럽고 슬프고 가난하고 쓸쓸했던 시절이 떠오른다. 그 시절로부터 여기까지 오래 망가지면서 나는 참 잘도 흘러왔다.

어머니의
400포기
김장

　그러니까 내가 본격적으로 강남 대부호가 되기 직전의 일 되시 겠다. 강북에서 난생처음 화장실 두 개 딸린 아파트를 전세로 얻고 나자 어머니 역시 난생처음 어머니 방이 생겼다. 군대 제대하고 나서 단칸방 전전하다가 동가식서가숙 풍찬노숙을 하다가 이산가족이 된 지 거의 10여 년 만에 집이 생긴 것이었다. 어머니는 진정으로 기뻐하셨다.

　그해 가을 김장철이 되자 어머니는 드디어, 경북 문경 대지주집 딸내미다운 '큰손'을 발휘하셨다. 도우미 아주머니까지 동원해서는 400포기 김장을 이틀에 걸쳐 해내셨다. 욕실 욕조 한가득 배추가 넘쳐났다. 아무리 생각해 봐도 그렇게나 많은 김장을 할 이유가 있지 않았다. 우리 형제들에게 다 나눠주고도 남는 양이었다. 어머니에겐 다른 계획이 있으셨다.

이틀에 걸친 김장을 마치고 나자 어머니는 그걸 일일이 비닐과 박스에 포장을 하셨다. 어디선가 조그만 손수레를 구해 오셔서는 나를 앞세워서 배달을 댕기기 시작하셨다. 아파트 경로당 150포기, 각 경비실 100포기, 아파트 앞 교회 100포기… 아니, 천지신명 믿는 후로꾸 불교 신자가 교회엔 왜 갖다줘요? 아니다, *거기 가난한 사람들 많이 와서 점심 먹는 것 같더라.*

결국 우리 가족 앞으로 50포기를 남기곤 다 나눠주셨다. 덕분에 도우미 아주머니가 몸살을 얻었지만 나는 어머니의 마음을 짐작할 수 있었다. 제대로 된 김장을, 맘 놓고 할 수 있는 김장을 거의 처음 해보신 것이었다. 돈 걱정하지 않고 할 수 있는 김장을 하시는 김에 어머니는 주변에 막 베풀고 싶으셨던 것이었다. 아들 자랑을 막 하면서, 막 행복해하셨다. 어머니는 원래 남들에게 뭔가 주는 것을 기뻐하는 분이셨다.

강남으로 이사 오기 전까지 몇 해 동안 어머니는 그렇게 김장을 하셨다. 경로당에도 안 가시고 교회에도 안 가시면서, 쌀이 생기면 쌀을 갖다주시고, 과일이 생기면 과일을 갖다주셨다. 덕분에 나는 동네에서 제법 대접받는 젊은이가 되었다. 덕분에 나는 동네에서 술 마시고 함부로 비틀거리기 어렵게도 되었다.

올해는 전라북도 로컬푸드 최우수상에 빛나는 페친의 김장 김치와 나보다 들비를 백배 사랑하시는 경상도 스님의 김장 김치로 겨울을 나게 되었다. 전라도와 경상도가 도란도란 말을 거는 밥상. 김치에 젓가락이 갈 때마다 어머니의 400포기 김장이 생각난다. 어머니는 도솔천 어딘가에 계셔도 또 똑같이 김장을 해서 이웃과 나누고 계시지 않을까. '돈 걱정 없이' 담그느라 양념이 늘 과잉했던 어머니의 김장 김치가 그립다.

하늘엔 영광
땅에는 라면

들비랑 라면 사러 가는 길… 크리스마스가 어서 지나가야 한다. 페이스북에 들어오면 순 우리만 아프고 외롭고 가난한 거 같다. 저들의 기름진 자랑질에 속으면 안 된다. 세상에 얼마나 갈 데가 없으면 크리스마스이브에 SNS 같은 데나 와서 자랑질이란 말인가.

속으면 안 된다. 살찐다. 걍 이런 날은 라면에 계란이나 하나 풀어서 뜨뜻하고 떳떳하게 배불리 먹으며 아기 예수님이 말구유에 누우신 뜻을 생각하면 된다. 우리의 넘쳐나는 영혼을 반성하면 된다. 하늘엔 영광 땅에는 라면. 나는 감기 때문에 사흘 아프고, 들비는 크리스마스 선물로… 단팥빵 한 개 먹었다. 만세다. 예수님 만세~! 아프고 외롭고 가난한 사람들 만세~! 류근, 라면 만세~! 쿨럭,

7장

비틀비틀 노래하는 세상 쪽으로

아, 부디
조금 덜 벌어도
조금 덜 가져도
조금 덜 배워도
조금 덜 이겨도
그럭저럭 착하고 따뜻하게
어울려 살 수 있는 세상이 오면 좋겠다
그런 세상에서 살아보면 좋겠다
정말 좋겠다

도대체
얼마나

뭐가 뭔지 모르겠다.

우리나라에 살면 어떤 날은 도대체 얼마나 나쁜 짓을 해야 죄가 되나 싶은 날이 있고, 어떤 날은 도대체 얼마나 바르게 살아야 죄가 안 되나 싶은 날이 있다. 검찰도 사법부도 언론도 정당도 기준이 없다. 숱하게 헷갈리고 혼란스럽다.

그때그때 다르고 사람마다 다르고 동네마다 다른 게 무슨 법이고 원칙이고 상식인가. 이러니 사는 게 점점 더 힘들고 무서워지지. 지옥이 참 가깝다. 아아, 시바! 헉헉~

나쁜 시대

80~90년대 학교 댕길 때 우리는 흔히 이렇게 듣고 배웠다. "시인은 언어예술가와 예언자의 기능과 역할을 가진다. 그런데 우리나라에는 하나의 기능과 역할이 더 주어져 있다. 그것은 지사(志士)의 자리다." 지사, "국가나 민족을 위하여 몸 바쳐 일하려는 드높은 뜻을 가진 사람."

서정시를 쓰면서 부끄러워하던 시대를 살았다. 아무나 잡혀가고 아무나 죽어가고 아무나 사라져가던 불의한 시대였다. 학내에 프락치와 사복경찰이 숨어 다니고 도청까지 흔히 벌어지던 시대였다. 믿을 수 없는 일이 자주, 너무나 당연하게 벌어졌다. 펜을 버리고 짱돌이든 꽃병이든 분신이든 투신이든 선택해야 하지 않나 고뇌하던 날들이 길었다. 나쁜 시대였다.

정의를 이야기하는 사람이 핍박받고 조롱당하고 탄압받는 사회는 나쁜 사회다. 그런 사회를 깨부수자고 숱한 사람들이 죽어갔다. 지금 생각해 보면 너무나 허탈하게도 대통령을 제 손으로 뽑게 해달라는 요구 하나만으로도 죽을 수 있는 사회였다. 큰 이념과 사상을 품지 않고서도 평범한 이웃들이 '지사'가 되는 사회였다. 과잉과 결핍이 동맹하는 사회.

남들이 싸우고 피 흘릴 때 그것이 그저 남의 일이기만 했던 자들이 지금 우리 사회의 기득권을 장악하고 있고 권력과 부와 발언권을 독점하고 있다. 흔하게 비난의 대상이 되는 586 권력은 그저 물 위에 뜬 풀잎에 지나지 않는다. 우리 사회를 조종하는 권력자들은 뿌리가 깊다. 바람에 흔들리지 않으며 언제나 꽃이 좋고 열매가 풍요롭다. 그들의 토대는 우리 사회의 '가난하고 못 배우고 늙은' 사람들이다. 수구 기득권 논리에 쉽게 가스라이팅 당하는 사람들을 그들은 속으로 개돼지라 경멸하면서 용이하게 이용해 먹는다.

신문에 혹세무민의 글을 쓰고 학생들을 가르치고 대중에게 논평하는 곡학아세 지식 팔이 쥐새끼들이 창궐하고 있다. 시대에 대해서 아무런 고뇌 없이 언제나 일신의 안위와 영달에 몸무게를 재던 기회주의자들이 도처에 준동하고 있다. 양심 가진 기자들은 펜을 빼앗기고, 의식 있는 지식인들은 멸시당한다. 거짓과 가짜가 넘쳐난다.

시인이 '지사'가 되는 시대는 불행한 시대다. 시인은 아름다움에 감응하면서 우주의 위대한 의지에 맞서고 죽음에 맞서고 삶에 맞서는 언어예술가, 예언자의 역할과 기능에만 충실해도 언제나 벅차고 넘친다. 술 마시고 자빠지는 것만으로도 존재의 값을 다하는 거다.

슬픔과
뉘우침을 바쳐
밥상을 차린다

"밥 먹고 기운 내거라!"

살아서 세상에서 가장 외롭고 가난하고 서러웠던 어머니는 내가 어딘가에서 무엇엔가 지고 맞고 터지고 돌아와 축축한 이불에 젖어서 울고 있을 때면 말씀하셨다.

"야야~ 일어나서 밥 먹고 기운 내거래이~."

텔레비전을 전당포에 맡긴 돈으로 차린 밥상이었다. 나도 내 모든 슬픔과 뉘우침을 다 바쳐서 밥상을 차린다. 아이들아~ 거기가 어디든 부디 일어나서 밥 먹고 기운 내거라~ 우리 모두 너희를 잊지 않았다. 잊지 않으마~!

마을마다
언어가
다르다

이 시간에, 막걸리에 취한 이문재 시인과 소맥에 취한 류근이 통음, 아니지… 통화를 했다. 뭐 결론은 우리가 이 시간에 참어로 아름답게도 취해 있다는 거신데,

이문재 시인은 우리나라 시인들이 '돈'에 관해서 쓴 시가 없다고 한탄하였다. 나는 아니라고 말하였다. 심지어는 노래까지 있다고 가르쳐디렸다. 돈이 오시나 보다 / 밤돈 내리는 소리 / 도온 오시는 소리 / 밤돈 내리는 소리….

그러자 전화기 저편에서 마침내 이 시간에 막걸리에 취한 이문재 시인은 목을 놓아서 화답가를 부르는 거시었다. 돈이 휠 것 같은 삶의 무게여 / 가거라 가거라 / 내 하나의 돈이여….

시바, 그러니까 돈이 안 붙지.

그리고, 돈에 관한 시를 왜 안 썼나. 나는 30년 전에 이미 이런 시를 썼었다. 저 누런 세월. 오늘 처음 보여준다.

이방인

이 마을 사람들은
돈을
희망, 이라고 말한다
돈이 많아지는 것을 미래, 라고 말한다

따라서 더 많은 돈을 버는 것에 대해
성공,
이라고 말한다

슬프다
마을마다 언어가 다르다

익어가야지

언젠가 고비사막에 간 소설가 김연수가 그곳 유목민이 '낙타 국수' 끓이는 모습을 보더니 "낙타는 제 배설물로 제 고깃국을 끓이네"라고 말했다. 나는 그가 참 좋은 소설가일 거라고 생각한 적이 있다.

그렇다. 이 지상에서의 삶이란 전생에 내가 쏟은 배설물들에 의해 뜨겁게 익어가는 여정일지도 모른다. 그러니 오늘처럼 비 오고 바람 불고 해 뜨고 빚쟁이까지 뜨는 날일지라도 억세게 뜨겁게 성숙해 가는 것 아름답지 않은가.

잠들기 전에 하도 외로워서 라면을 또 한 개 끓여 먹고 잤더니 뇌가 뱃속으로 이동한 느낌이다. 아무 생각 없이 비틀비틀 시를 읽고 술 마시고 노래하는 세상 쪽으로 나는 또 슬슬 나아가 자빠져야지. 푹푹 삶겨서 익어가야지. 내 배설의 언어로 나를 끓여야지. 조낸조낸 익어가야지. 인생은 몹시도 아름다운 거니까.

서울대

내가 소싯적에 긴밀하게 지내던 회계사가 있었다. 아주 잘나가는 분이었다. 인간적으로 빈틈이 별로 보이지 않는 사람이었으므로 내 취향은 아니었다. 그래도 친한 척하면서 자주 술을 마셔야 했다. 하루는 그가 이러는 거였다.

> 회 : 우리 와이프가 이번에 병원을 넘겼어요.
>   (그분의 부인이 개원의였다.)
> 나 : 어? 병원 잘된다고 알고 있었는데 갑자기 왜요?
> 회 : 병원은 잘되는데, 이번에 우리 딸이 중학교를 들어가
>   거든요. 그래서 대학 들어갈 때까지 뒷바라지를 해야 해
>   서 6년간 후배에게 넘기기로 결정했어요.

왜 그랬는지 모르겠지만 그 순간 나는 노골적으로 비웃는 표정이 되어서 이렇게 대답했다.

"네에? 그렇게 해서 결국 젤 잘되면 고작 서울대 가는 거잖아요?"

그는 몹시 당황하는 것 같았다. 분노였던 것 같기도 한데 아무튼 내가 하는 말에 대답을 하진 않았다. 서울대 나온 부모가 단하나 있는 딸의 명문대 진학을 위해 희생하고 헌신하겠다는데 느닷없이 고작 서울대?라는 말을 들었으니 모욕감을 느낀 것 같기도 했다. 뭐 이런 미친놈이 있지? 이런 표정이었던 것 같기도 하고.

나는 진심으로 고작 자식 서울대 보내려고 자기 일을 접어? 이랬다. 겨우 서울대? 이랬다. 생각해 보니까 그날 이후로 관계도 좀더 구체적으로 서먹서먹해진 것 같다. 그런데,

지나고 보니까 그때 내가 참 모자란 놈이었다. 대한민국에서 서울대 안 나오고 사는 사람들은 칠십 넘어 미쿡 플로리다에 이민 가서 백인 노인학교에 들어간 충북 중원군 엄정면 출신 노인 같은 처지라는 사실을 알아야 했다. 온 사회에 서울대 프리미엄이 당연시되는 게 한국식 공정 아닌가. 서울대도 안 나오고 감히 이력서를 내? 서울대도 안 나오고 감히 시를 써? 서울대도 안 나오고 감히 술을 쏟아? 서울대도 안 나오고 감히 길에 차를 몰고 나와?

왜 그런지 모르겠지만 당장 페이스북 대문만 해도 서울대 나온

애인들은 다 자기 학력을 걸어두고 있다. 서울대 나오고 학력 올리지 않은 사람은 네덜란드에서 남편과 자전거포 하는 내 친구 함미자밖에 못 봤다. 하도 억울해서 나도, 가을부터 남영동 대진학원에 등록해서 서울대 가려고 맘먹었다. 이왕이면 법대에 가서 사법고시까지 봐야지.

그때 서울대 못 알아보고 개무시한 회계사님께 이 자리를 빌려 심심한 사죄의 말씀을 전한다. 아침에 텔레비전에 나와서 서울대 나온 남편 자랑하는 옛날옛날 애인을 보니까 삶이 조낸 매캐해진다. 아, 그 쇠털같이 많은 날에 서울대도 안 가고 나는 도대체 뭘 했단 말인가, 시바.

지는 법을
가르치지 않았다

학교 성적 좋은 사람이 유능한 사람이라고 배웠다. 돈 많은 사람이 성공한 사람이라고 배웠다. 유능한 사람이 되기 위해서, 성공한 사람이 되기 위해서는 무조건 이기는 사람이 되어야 했다. 이기지 못한 사람은 다 쓸모없는 사람 취급을 받았다.

이긴 사람이든 진 사람이든 자기 자식들에게 똑같이 가르쳤다. 좋은 학교 가야 한다! 좋은 학과 가야 한다! 좋은 회사 가야 한다! 돈 많이 벌어야 한다! 힘센 사람 되어야 한다! 무조건 이겨야 한다! 이기는 사람이 선한 사람이고 지는 사람이 악한 사람이다!

그런데 세상은 누구나 다 이길 수는 없는 것이었다. 이기는 사람이 있으면 지는 사람도 있는 것인데, 우리는 이기는 법만 가르쳤다. 지는 법을 가르치지 않았다. 이긴 사람이 살아야 하는 도덕적 책무, 진 사람이 살아야 하는 정신적 자존감에 대해서 가르치지 않았다. 이긴 사람은 도덕성을 저버리고 진 사람은 자존감을 상실했다.

이긴 사람이든 진 사람이든 이제 모두 지옥의 시민이 되어버렸다. 인간적 품위나 도덕성, 영성, 염결성 같은 것들이 다 웃음거리가 되어버렸다. 아프리카 세렝게티의 짐승들도 건기를 앞두고는 새끼를 낳지 않는다. 이런 나라에서 아이를 낳아서 기르는 것조차가 이제 시련의 대물림이 되어버렸다. 누구도 행복이 무엇인지 알지 못한다.

증오와 갈등과 혐오와 분노와 탐욕과 폭력과 음모와 천박과 이기와 파렴치의 각축장 한가운데 오늘은 비가 오고 바람이 분다. 불길하게도 일찍 피어난 봄꽃들이 다 질 것이다. 나는 살아남은 나를 가엾어하며 슬퍼하며 또 한잔해야지. 이 술집엔 순 늙고 진 이웃들만 앉아 있다. 순한 초식동물들 같다. 눈물겹다.

술 마시다 우는 사람, 노래 부르다 우는 사람, 시 읽다가 우는 사람, 전화기

붙들고 우는 사람, 빗방울 바라보다 우는 사람, 꽃 보다가 우는 사람, 남이

울면 따라 우는 사람…

갱년기다. 류근이다.

장을 보며
생각하다

귀찮아서 죽기도 어려울 것 같은 내가 가장 흥미로워하고 재미있어하는 장르는 단연 '장보기'다. 온오프를 가리지 않는다. 그냥 장마당 기웃거리는 데서 행복을 느낀다. 이건 아무래도 어려서 내 챙이 장터 근처에서 모국어와 시력을 키운 탓이거나 지독한 빈곤과 결핍에서 비롯된 보상 심리거나 뭐 그런 것일 텐데 아무려면 어떤가. 걍 이것저것 구경할 수 있는 '풍요'의 눈요깃거리만 있으면 행복한데.

그래서 우울하고 서러울 때 가장 많이 하는 이벤트가 주로 재래시장 투어다. 남대문시장, 광장시장, 중앙시장, 면목시장, 경동시장, 영천시장, 동묘시장, 영동시장, 흑석시장… 닥치는 대로 헤맨다. 잠 안 오는 밤에는 먹을거리 파는 온라인 마켓을 주유한다. 바라만 봐도 영혼에 기름칠이 된다. 걍 금세 므흣해진다. 쌀도 사고, 채소도 사고, 고등어도 사고, 버섯과 콩나물과 두부와… 쌀라면 세

봉다리까지 사고 나면 삶이 홀연 은혜로 꽉 찬 구원의 공간이 된다. 세상에 부럼 으ᇎ다.

그런데 늘 뭔가를 살 때마다 갈등을 겪게 만드는 시추에이션이 있으니 이른바 '유기농'의 여부다. 똑같은 품목인데도 상당한 가격 차이를 매달고 있는 유기농 먹거리 앞에서 어쩔 수 없이 움츠러들게 된다. 마치 유기농 아닌 것들은 죄다 몸에 해로울 것 같은 착시 현상. 저농약-무농약-유기농-non gmo 등등, 고를 때마다 계급 의식과 죄의식이 발동해서 격투를 벌인다. 술값 며칠 치만 아껴도 이런 갈등 안 해도 될 텐데… 하면서.

미세먼지와 초미세먼지(나는 이런 명칭 옳지 않다고 생각한다. 그냥 까놓고 발암먼지라고 해야 국민들이 더 경각심을 가지고 대응할 것 아닌가)가 기승을 부리면서부터는 먹거리 고르는 데 슬슬 고민할 것이 줄어들었다. 제아무리 유기농으로 곱게 키우면 뭐 하겠나. 사람이나 동물이나 채소나 물고기나 할 것 없이 전부가 중금속 발암먼지로 호흡하면서 차곡차곡 오염 덩어리가 되어버린 것을. 흙에도 쌓이고 물에도 쌓이고 바다에도 쌓이고 공기 중에도 쌓여서 너나 할 것 없이 '청정'을 이야기할 수 없게 된 것을.

산에서 들에서 캔 냉이며 달래며 씀바귀며 쑥이며… 하우스 재배 아닌 것은 이제 가장 오염된 나물이 되어간다고 하니 마음의 고향마저 짓밟힌 셈인가. 서열 파괴된 평등 먹거리 세상이 되었으니 대동으로 망가지자고 해야 할 것인가. 1킬로그램 쌀 열 봉다리 주문했는데 달랑 다섯 봉다리만 놓고 간 인터넷 정미소 덕분에 몹시 행복해진 월요일 한낮. 또 경건히 장볼 일이 남아 있으니 이 아니 행복한가. 아아, 이 몸이 장을 보심도 역군은이샷다, 시바.

가냘픈 영혼,
부자의 몸매

  지금은 어떤지 모르겠지만 내가 빌빌거리고 댕기던 시절의 인도에선 외모만 봐도 대충 그 사람의 빈부 정도가 짐작이 되었다. 부자들은 확실히 비만에 가까웠고 빈자들은 이탈리안 그레이하운드처럼 앙상했다. 카스트가 몸매에 드러나는 것 같았다. 신흥 부자들이 막 생겨나고 있는 시기였다곤 하지만 단연코 높은 계급일수록 부자들이 많았다. 사회적 기회가 많은 탓일 거라고 생각된다.

  인도 사람들의 전통적 계급의식에 의하면 외국인은 '불가촉천민'에 해당된다. 백인들에겐 별로 그런 것 같지 않은데 역시 유색인종들에겐 그런 계급관이 작용하는 것 같았다. 나보다 더 별 볼일 없어 보이는 놈들조차 나한테 담뱃불 빌릴 때 뒷짐을 진 채 아조 거만하게 입만 쭈욱 내밀었다. 지금 같으면 그 조댕이를 싹뚝 잘라서 들비 장난감을 맹글어줬을 텐데 그땐 내가 워낙 착하고 훌륭한 사람이어서 늘 꾹 참았다. 그런데 생각해 보면 나는 굳이 외국인이어서 그런 대접을 받은 것 같지는 않다. 내 몸매가 불가촉천민으로 태어나서 한 번도 빈민가를 벗어나지 못한 사람과 별반 차이가 없을 만큼 형편없었다. 나는 불가촉천민적으로 깡마르고 야윈 이방인이었다.

요즘은 세계적으로 가난한 사람일수록 비만 환자가 많다고 한다. 건강을 돌볼 수 없는 생활 환경과 값싼 패스트푸드가 그런 부작용을 낳는다는 분석 기사를 읽었다. 잘 먹어서가 아니라 제대로 된 음식을 먹지 못해서 비만이 된다는 비극.

요즘 나는 인도에 가서 몸매를 좀 뽐내고 싶다는 욕망에 시달리고 있다. 누가 봐도 부자의 몸매에 근접하고 있다. 배가, 배가… 인도의 졸부스러운 배에 봉착하고 있다. 조금만 더 노력하면 브라만 계급 출신의 재벌적 몸매 달성도 가능할 것 같다. 순 맨 나쁜 것만 일등하는 OECD엔 왜 들어가서 망신을 자초하는지 모르겠지만 우리나라도 슬슬 비만인을 낮춰보는 선진국스런 편견이 작용하고 있는 게 분명해 보인다. 젊어선 인도에 가서 말라깽이라고 개무시당하고, 이제 늙고 병들어선 조국에서 배 나왔다고 개무시당하고… 뭔 인생이 늘 이 따구로 좋은 자리만 쏙쏙 피해서 댕길 수 있단 말인가.

이쯤 되면 일부 몰지각히 의협스러운 사람들은 또 나의 술과 라면에 대해서 삿대질을 할 테지. 하지만 술과 라면이 없었다면 내가냘픈 영혼은 어디에서 구원을 얻었으리. 어디에서 양분을 구하였으리. 육신의 배를 불리고 영혼의 몸매까지 어루만지는 술과 라면을 사랑하여서 오늘 밤은 푹푹 눈이 내린… 아, 이거 아니지. 아무튼 날마다 인도 갑부적으로 둥글어지는 배를 어루만지며 나는 어서 코로나19의 멸망과 나의 인도 망명을 그려보는 거시다. 아아, 시바.

누구나
외롭다

내가 얹혀사는 집 경비 아저씨는 6개월마다 한 번씩 용역 계약을 갱신하신다. 연세가 많다고 몇 년 전부터 퇴직을 종용받고 있으시다. 14년쯤 근무하셨는데, 그사이에 자식 둘 결혼시키고 부인과 사별하셨다. 6개월마다 한 번씩 아저씨는 울상이 되시고, 나는 그래서 6개월마다 한 번씩 용역회사 담당 임원과 언성을 높이게 된다. 연세 많다고 지금 일 못 하시는 것도 아니고 그동안 문제가 전혀 없었는데 왜 자꾸 자를 생각만 하시는 겁니까?… 그리고는 입주자들에게 아저씨 좀 냅둬달라는 서명을 받아서 전달한다. 입주자들은 내가 이 집에서 젤 오래 살았다는 이유만으로 어리둥절 말을 잘 들어주신다. 다들 무심하거나 착한 분들.

문제는 요 몇 년 사이에 목련나무와 감나무 집들 허물고 우리 집을 포위한 채 들어선 회사의 흡연자들. 남녀노소들이 아무 때나 우리 집 앞에서 담배를 피운 후 그것도 모자라서 아무 데나 꽁초를 패대기친 후 유유히 사라진다. 70대 후반에 이른 아저씨는 그걸 줍거나 쓸어 담는 일로 하루 노동의 4할쯤을 바치는 것 같다. 담배 연기가 고스란히 101호에 사는 어린이와 201호, 402호의 노인들과 302호의 폐인에게 날아든다. 조낸 어이없고 불쾌하다.

"담베 꽁추 버리시믄 안됨미다"

좀 전에 들비 데리고 약국 가는 길에 보니까 아저씨가 이런 걸 외벽에 붙여놓으셨다. 저 궁극의 카피, 극강의 맞춤법을 보고도 또 버젓이 그 앞에서 담배를 피우고 꽁초를 버리는 남녀노소라면 하느님도 구제하기 어렵겠지. 하긴, 견디다 견디다 저걸 붙이는 아저씨나, 건물에서 쫓겨나 남의 집 앞에서 간신히 담배 연기 내뿜으며 속을 달래는 남녀노소들이나 다 외롭긴 마찬가지…. 28년 죽도록 피우던 담배 끊은 나도 외롭긴 마찬가지…. 아아, 시바.

착하게
살아남으라고

들비와 산책하는 동네 공원엔 십여 마리 이상의 길냥이들이 산다. 나는 그 아이들과 별로 교감하는 바가 있지 않지만 적어도 들비에게 그들을 향한 적의와 공격성이 머무는 것을 용납하지는 않는다. 서로 가만히 내버려두면 되는 것이다.

동네 공원에는 규칙적으로 길냥이들에게 밥을 주고 간식을 주고 중성화 수술을 시켜주는 등, 마음을 베푸는 분들이 계신다. 역사를 좋아한다는 근육질 청년, 일부러 길냥이들을 위해서만 공원에 오시는 아주머니, 거의 매일 마주치는 아버지와 아들… 저 우산 아래 꼬박꼬박 사료와 물을 채워주는 것은 아버지와 아들 팀의 몫이다.

사람의 왕래가 없는 곳에 저렇듯 먹이터를 만들어두었는데, 공원 안에 한 군데가 더 있다. 신기하게도 길냥이마다 제각각 밥을 주는 분들이(일종의 묘주처럼) 따로 정해져 있는 걸 보면, 저 먹이 터야말로 말 그대로의 순수 길냥이들을 위한 급식소가 아닌가 싶다. 아무나 아무 때나 와서 밥을 먹고 물을 마신다.

그러나 동네 공원에는 길냥이들만 사는 것은 아니다. 오늘 보니까 저 먹이터엔 비둘기도 오고, 참새도 오고, 까치와 까마귀와 청설모까지 온다. 길냥이가 먹고 남긴 사료를 나눠먹으며 함께 겨울을 난 것이다. 누군가 길냥이 하나에 머문 마음이 뜻밖에도 다른 목숨들까지 아울러 먹여 살린 것이다. 아름답지 않은가, 한 마음이 끼쳐서 여러 목숨에 이바지한다는 것.

한 노동자의 죽음에 매달린 댓글들을 보며, 내가 과연 어떤 영혼들과 더불어 동시대를 살고 있는지 우울과 공포에 전율하고 있을 때, 저 길냥이 밥그릇은 홀연 비관으로 가려는 마음을 돌려세운다. 어서 오라고, 어서 와서 당신도 주리고 헐벗은 목숨에 한 끼를 베풀라고, 그리고 착하게 살아남으라고. 가만히 내버려두라고.

부디
지나가거라

강변에 앉아 즉석 라면 하나 끓여서 들비랑 나눠먹고 강 건너 일몰을 바라보려니까 아아, 시바…. 운동도 노동도 없이 순 대가리로만 생애의 온갖 근심과 고통과 공포를 앓고 있는 꼬락서니가 다 조낸 부질없다. 이제 부디 지나가거라, 저 늠름하고 고요하고 불가역적인 강 물살처럼.

엿들은 대화

어제 나는 이러한 푼수 짓을 하였다. 학교 앞 중국집에서 짜장면 놓고 술 마시고 있을 때 옆자리에 앉은 모자의 이야기가 다 들렸다는 게 문제였다. 내가 들은 게 아니라 그냥 들렸다.

아들 : 엄마, 우리 담임 샘이 나를 너무 미워해.

엄마 : 왜? 니가 뭘 잘못했길래 너를 미워해?

아들 : 몰라. 그냥 미워해.

엄마 : 그게 무슨 말이야? 선생님이 왜 이유도 없이 너를
　미워해?

아들은 고등학교 1학년이고, 엄마는 하필 내 단골 중국집에서 홀 서빙을 하는 분이었다. 나는 심드렁하니 그냥 술을 마시면서 그 모자의 한가한 이야기를 들었다. 아니 들리는 소리를 들었다.

아들 : 졸다가 들키면 다른 애들은 그냥 넘어가는데 나한 텐 막 욕을 하면서 화이트보드 지우개로 때려. 나는 다른 애들처럼 엎어져서 자는 것도 아닌데 막 때려.

엄마 : 설마… 너만 자는 거 아녀? 선생님이 너만 유독 왜….

아들 : 등록금 나왔다.

엄마 : 짜장면 먹을래?

나는 마시던 술잔을 큰 소리가 나도록 탁자에 터억~ 내려놓고…. 그 아들에게 말했다. 아들아, 니 담임 전번 좀 알려다오~. 이후의 일은… 아아, 필름이 끊겨서 기억이 안 난다. 내가 애 애비요, 라고 말했던가. 당신이 선생이요? 라고 물었던가. 오잉, 아닌데요, 라는 대답을 들었던가… 아아, 시바.

시끄럽고
말 많은 놈

비트코인 사서 대박 났다고 자랑질하는 애인들 때문에 하도 배가 아파서 며칠 밤새며 그걸 공부했다. 어떤 공부도 밤새며 한 적이 단 한 번도 없다. 연애편지 쓰느라 밤샌 적은 좀 있다. 시를 쓰느라, 술 마시느라, 실연의 상처 때문에 우느라, 등록금 마련 못 해서 우느라, 어머니 간병하면서 우느라 밤샌 적은 좀 있다. 그런데 이제 와 새삼 이 나이에 비트코인 때문에 밤을 새다니… 시바.

며칠 공부 끝에 얻은 나의 결론은 조낸 이렇다.

시끄럽고 말 많은 놈치고 실속 있고 진실한 놈 본 적 없다. 폭탄 돌리기의 끝은 그냥 터져 죽는 거다. 사이비 종교에 희망을 걸면 결국 사이비 구원만 있을 뿐! 배가 아프면 비트코인이 아니라 까스활명수가 명약이라는 것! 시바,

사람이
할 수 있는
일

어제 A/S 맡긴 노트북은 상태가 나보다 더 심각해서 결국 메인 보드와 자판기 보드까지를 교체해야 한다고 연락이 왔다. 비용도 약 60여만 원이 소요된다는데 문제는, 그렇게 하고도 기존 파일들을 되살릴 수 있을지 장담할 수 없다는 것이다. 언젠가 써먹으려고 몰래 숨겨 둔 글들과 자료들이 제법 많은데 눈앞이 캄캄하네.

대학교 4학년 때까지 써놓았던 습작 시들과 사진첩들, 셋째 형에게 물려받아서 열심히 이어갔던 우표 수집한 앨범들, 화폐 수집한 앨범들, 손때 묻은 책들과 일기장들을 나는 당시 오갈 데 없는 형편 때문에 다 잃어버린 경험이 있다. 여기저기 떠돌던 시 몇 편 외엔 그때까지 살아왔던 흔적과 기록들을 다 상실하고 나서 나는 지금까지도 자다가 흑흑 우는 경우가 있다. 어느 날 과거가 다 지워진 채 광야에 혼자 선 것 같은 공포를 느낀다.

거기까진 아니겠지만 노트북 하나 망가지자 꽤 심각한 고립감과 공포가 몰려오는 게 사실이네. 얼마나 많은 정보와 기억들을 노트북에 의존하면서 살아온 것일까. 노트북 없이 크로버 타자기로 투닥투닥 시를 쓰고 그걸 애써 파일링해서 묶어두고, 신문 기사들을 스크랩하고 그렇게 살던 시절이 이젠 진짜 전설의 고향 같은 이야기가 되었다. 앞으론 점점 더 많은 것들을 문명의 이기들에 의존하게 되겠지.

사람이 할 수 있는 일이 자꾸 줄어들면 하느님이 대신해야 할 일이 늘어날지도 모르겠다. 바이러스 창궐도 그런 것인지도 모른다. 사람이 문명의 힘을 빌어서 머리로만 해결하려 든 일들을 하느님이 대신 고치고 회복하려 드는 일. 노트북 망가지고 나자 괜한 생각들조차 심란하고 우울하네. 파일 회복 못 하면 진짜로 망명이나 해야지. 과거의 흔적이 하나도 필요 없는 나라로!

목요일의
술집

시인 관두고 나니까 참 빠르고 섭섭하게도 나는 빠르고 섭섭하게 아무것도 아닌 사람이 되어버렸다. 그래서 어제는 작정을 하고 예순 편쯤의 시를 막 읽었다. 시를 막 읽으면 다시 시를 쓸 수 있게 되지 않을까…라는 가련하고 측은한 생각을 나는 하였던 것인가. 오오, 놀라워라. 그런데 내가 읽은 예순 편쯤의 시 안에 나의 구원은 없고, 나의 소원도 없고, 나의 망원도 없고… 그래서 또 대낮부터 술을 마시었던 것인가.

나는 술이 깨기 전에 잠이 먼저 깨는 나쁜 버릇을 가지고 있다…고 일찍이 나의 시에 고백한 적이 있다. 생각해 보니 그것은 참으로 고맙고도 좋은 버릇이었던 게 아닌. 포르투갈 사람도 아니면서 리스본행 야간열차에서 껌을 팔던 여자들을 나는 별로 신뢰하지 않는다. 좀 불쾌한 눈빛으로 그녀들은 말했다. 너, 집 나온 놈이지?

시바, 아무도 오지 않는 목요일의 술집에 앉아서 나는 또 호올로 읊조리는 것이다. 인생은 짧고… 에 또~ 인생은 짧고… 인생은… 아주머니, 여기 소주 한 병 더 주세요… 아아.

포구에 눈 그치고 마침내 나는 취하네.

아아, 멀리도 나는 와버리었구나.

너희가
전라도를
아느냐

　살면서 내가 가족들에게 결혼하겠다고 선언한 여자는 두 명
이었다. 숱하게 연애질을 했는데도 이상하게 결혼하겠다는 말은
안… 아니지. 하도 가난하다 보니까 엄두가 나지 않아서 못 했던
거 같다.

　처음 대학교 1학년 가을에 어머니한테 나 그 애랑 결혼할래요,
라고 했을 때 어머니의 표정이 기억난다. 어머니는 그냥 멀뚱멀뚱
나를 쳐다보시곤 그냥 하던 일을 마저 했다. 더 들을 필요도 없다
는 투였다. 그녀는 서양화과 친구였다. 애인으로 사귀는 사이도
아니었다. 오른팔이 없었다. 나는 왼손으로 붓질하는 그녀의 실루
엣을 몹시도 흠모했다. 미처 고백도 하기 전에, 그녀는 이상한 종
교에 빠진 후 소식이 끊겨버렸다.

　두 번째는 어머니가 몹시 고마워하셨다. 드디어 내가 근심을 덜

게 되었구나, 이런 표정이었다. 그런데 전혀 뜻밖의 사태가 벌어졌다. 큰형이 반대를 하고 나선 것이었다. 큰형은 내가 하는 일에 반대라는 것을 하는 사람이 아니었다. 아버지를 대신하는 존재였고 언제나 나를 지지하고 응원했다. 그런데 어이없게도! 인생에 전망이라곤 1센티미터도 없는 나를 누군가 구제해 주겠다는데도! 반대를 하고 나선 것이었다.

강고했고 단호했다.

"분명히 말하겠다. 나는 네 결혼 반대한다. 네가 만약 나의 반대에도 불구하고 결혼을 한다면 나는 너를 평생 다시 보지 않을 것이다. 명심해라."

진짜 이렇게 촌스러운 문어체로 또박또박 말했다. 나는 도무지 사태가 이해가 되지 않아서 입을 헤 벌린 후 질질 침을 흘렸다.

큰형의 반대 이유는 선명하고 명확했다. 그녀가 전라도 여자라는 것이었다. 그것도 광주에서 고딩까지 마친 순 전라남도 토박이라는 것이었다. 우리 집안에 전라도 며느리는 안 된다는 것이었다. 저 냥반이 돌았나. 공부를 못해서 사시도 아니고 행시나 합격한 냥반이… 미쿡에서 박사까지 받은 냥반이… 대사관 근무하면서 순 사교춤으로 근육을 키운 냥반이… 나는 다시 입을 헤 벌린 후 질질 침을 흘렸다. 어머니도 따라서 침을 질질 흘렸다. 이거 뭐지?

그런데 세상일은 얼마나 공교로운가. 얼마 지나지 않아서 큰형이 아, 글쎄 전라남도 고위 공무원으로 덜컥 발령이 나버린 것이었다. 하필 근무지가 광주였다. 빨갱이 나라 러시아에 발령이 났을 때도 의연하던 냥반이 별안간 떨기 시작했다. 큰형은 전라도 혐오증에 더해서 전라도 공포증까지 가지고 있는 거였다. 살면서 전라도 땅엔 한 번도 발을 디뎌본 적 없다고 했다. 전라도 사람과 말을 섞어본 것도 당시 내 여친이 유일하다고 했다. 참 별종일세, 라고 나는 생각했다.

형은 전남 광주에서 4년 임기 더하기 4년을 더 근무했다. 전라도라고 하면 치를 떨고 경기를 일으키던 냥반이 용코로 걸려서 그 업보를 몸으로 때운 거시다. 참어로 통쾌하기 짝이 없다. 그래서 형은 광주 전남에서 어케 됐냐고?

단언컨대 그 이후 큰형 마음의 진정한 이웃은 전라도 사람들이다. 큰형은 그들의 인정과 의리에 진심으로 교화되고 감동을 먹으며 객지를 풍요롭게 살았다. 그들의 낭만과 교양과 예술적 여유를 존경하고 사랑한다. 떠나온 지 십여 년이 지났는데도 집안 대소사마다 심신을 아끼지 않는 그분들의 마음씨를 촛불처럼 아낀다. 그

래서 사람은 겪어봐야 아는 것이다. 편견과 선입관이 사람의 가치
관을 어떻게 왜곡하는지는 경북 문경산 우리 큰형의 전라도 전향
기를 보면 잘 알 수 있다.

배려와
공감

우리나라 장애인의 90퍼센트가 후천적 이유로 인한 장애인입니다. 살다가, 갑자기, 누구나, 장애인이 될 수 있어요. 약자를 보살피지 않는 정치가 무슨 정치인가요?

약자를 보살피지 않는 인성을 이데올로기로 포장할 수 없습니다. 사람답게 삽시다. 제가 비록 들비의 미모를 못 따라가고 겨우… 뭐 막 그렇더라도 배려와 공감 능력 없는 사람은 개만도 못한 게 맞습니다. 롱런합시다, 시바.

아무 때나
휘파람을
불었구나

정치와 정치인들에 시선이 자꾸 머물게 되었다. 내 문장은 점점 더 졸렬해지고 경박해지고 천박해지기 시작했다. 권력의 속성이 본디 욕망과 과대망상의 철로 위를 달리는 전차 같은 것인데 거기 기찻길 옆에서 온갖 소음에 귀를 기울이며 함께 악다구니를 치다 보니 내 세계관마저 시나브로 축소되고 균열이 가기 시작했다. 한마디로 속물화되고 만 것이다.

반성한다. 풍자와 해학을 빙자해서 주로 조롱과 조소와 야유를 일삼았다. 은유와 상징의 칼을 버리고 저자의 비린 직설과 타협했다. 자퇴한 시인이라지만, 시를 배우고 살아낸 자에게 그것은 타락이고 죽음이다. 나는 어느새 중음이거나 무간지옥의 어디쯤에 기진한 영혼을 드리우고 있는 허깨비가 되어 있었다. 외롭고 쓸쓸하고 공포스럽다. 세속의 허망한 톱날에 모가지를 바치며 스스로 소비되고 소모되어 간다는 것.

나쁜 권력자들이 우리 삶에 얼마나 지독한 해악을 끼치는지, 자본과 결탁한 권력, 권력과 결탁한 언론이 우리 공동체와 역사에 얼마나 돌이킬 수 없는 독극물을 섭식게 할 수 있는지 뼈저리게 각성하는 세월이다. 살아갈수록 가난해지는 사람들과, 희망과 전망을 잃은 젊은이들과, 미치지 않고선 존재를 증명할 수 없는 노인들이 다 나의 이웃이다. 모국어를 공유하고 있는 공동운명체. 나는 슬퍼하고 또 슬퍼한다. 우리는 어쩌다가 이 지경이 되었을까.

지난 새벽꿈에 어머니는 휘파람을 불었다. 이웃들에게 폐가 된다고 아무리 말려도 오불관언이었다. 어머니가 생시에 휘파람 부는 모습을 본 적 없는데 참으로 이상한 일이다. 꿈에서 깨어나서 한참을 생각했다. 나 또한 이웃에게 소음이 되는 휘파람을 아무 때나 불어대고 있구나! 어머니는 몸소 그것을 보여주신 것이로구나!

그리고 나서 또 생각했다. 그렇다면 이제 나는 무엇을 해야 하지? 정치인 한마디에 희로애락을 바치고, 재벌 3세 한마디에 주가 폭락의 직격탄을 맞는 나는 이제 무엇을 해야 하지? 속물의 남루를 펄럭이며 저자의 술상 앞에 엎드려서 점점 더 깊은 미망을 궁구해야 하나. 요 며칠 꿈마다 오셔서 은유와 상징을 베푸시는 어머니 덕분에 자칫 진지해진 아침이다. 이런 넋두리는 사실 나를 위해서 남겨두는 것이다. 간밤에 눈이 내렸다고 한다.

오산학교

내가 오산학교 댕기던 시절에 우리 학교 동창회장은 함석헌 선생이었다. 한복 두루마기에 흰 수염 펄럭이며 학교에 나타나시면 사방이 다 경건해지는 카리스마가 있었다. 전두환이 대통령이었다. 운동장에 교련 사열하는 자세로 세워놓고 두어 시간씩 꼿꼿하게 서서 연설을 하셨다. 뙤약볕에 쓰러지는 아이들이 있으면 크게 호통을 치셨다. 그렇게 체력이 약해서야 어찌 민족의 우뚝 선 동량이 되겠는가!

5월엔 개교기념일 행사를 했다. 대강당에 다 모여서 예배를 봤다. 오산학교가 기독교 학교라는 걸 그제야 실감했다. 평소엔 전혀 기독교스런 분위기가 없었다. 다행이었다. "너 십자가의 군병…" 뭐 이런 걸 배워서 찬송가를 불렀다. 함석헌 선생이 인사말을 하고 나면 영락교회 한경직 목사가 설교를 했다. 그 역시 평북 오산학교 출신이었다. 억양과 발음이 독특하고 매력적이었다.

괜히 대형교회 대표 목사가 아니었다.

함석헌 선생은 한경직 목사를 쳐다보지도 않았다. 동문 중엔 유명한 분들도 제법 많았는데 함석헌 선생은 앞만 보고 앉았다가 나중에 학생들에게 눈길 한번을 주욱 던지신 후 퇴장하시곤 했다. 민족! 민족! 민족!이라는 단어만 기억난다. 나중에야 한경직 목사가 서북청년단의 몸통이었다는 사실을 알았다. 서북청년단은 반공을 앞세워서 숱한 살생과 악행을 저질렀다.

민족과 반공이 공존하는 행사는 제법 각이 살아 있었다. 춘원 이광수가 작사한 교가를 부르고 나면 개나리 동산으로 내려가 담배를 피웠다. 아시아의 물개 조오련이 훈련 삼아 건넜다는 한강이 바로 코앞이었다. 조오련 역시 오산학교를 잠깐 댕겼다고 했다. 담배 연기를 날리며 나는 소월과 이중섭이 오산학교 출신이라는 것에 벅찬 자부심을 느꼈다. 오산학교 출신 시인 백석의 존재가 알려지기 전이었다. 북한에서 죽었다는 이유만으로도 그는 금기의 시인이었다.

선생들 수준은 엉망진창이었다. 폭력과 무능과 무관심이 쓰레빠 짝을 끌고 돌아댕겼다. 이태원 옆 버스 종점에 이어진 학교였다. 학생들 수준도 천차만별이었다. 재벌 동네부터 달동네까지 학군이 형성돼 있었다. 사교육 금지 세대였는데도 성적이 대부분 부모의 재산순이었다. 이상했지만 아무도 이상하게 생각하지 않는 것 같았다.

학교 경관은 서울 시내에서 최고였다. 공부 못하는 아이들은 경치를 즐기거나 학교에서 잠만 잤다. 나는 그래도 학교에 가서 잠자다가 일어나 휘파람이라도 불었다. 아이들이 싫어했다. 내가 휘파람을 불면 다들 잠을 못 잔다고 아우성이었다. 나는 틈나는 대로 거울도 봤다. 눈에 힘주는 연습을 했다. 보충수업과 야간자율학습 같은 건 하지 않았다. 이태원이나 남영동에서 주로 놀았다. 주로 술을 마셨다. 다른 학교 문예부 아이들과 어울렸다.

장래 희망이 시인이었으니까 나는 교과서나 참고서를 가지고 다니지 않았다. 시집 한두 권과 노트만 들어 있는 아디다스 가방은 후배가 준 거였다. 이태원 미용실 아들이었다. 학교를 때려치우면서 그는 나에게 세상이 학교보다 크다고 말했다. 나는 학교를 때려치우기보다는 목포나 군산항으로 가서 밀항을 하고 싶었다. 그러나 학교 앞 만화방에서 이현세 만화를 보느라 밀항의 기회를 번번이 놓쳤다.

내가 정신 차리고 들은 유일한 수업은 우리 문예부 담당 선생님이자 우리 반 담임이었던 이영설 선생님이 가르친 '고전'이었다. 나는 지금도 그때 외웠던 고려가요와 향가를 다 기억한다. 수업이 아름다웠다. 선생님은 사모님이 암이어서 늘 슬프고 고단했다. 선생님은 나에게 어서 《현대문학》으로 등단하라고 말씀하셨다. 학교 생활이 엉망진창이었는데 선생님은 그냥 오래 모른 체해주셨다.

 오산학교 다닐 때는 학교가 참 싫었다. 뺑뺑이로 들어왔는데도 같은 학군의 용산고 애들한테 늘 지는 기분이었다. 남산만 건너오면 오산학교를 다 몰랐다. 경기도 오산에 있는 학교인 줄 알았다. 학교만 가면 무슨 민족학교니 전통이니 명문이니 막 그러는데 실은 그지 깽깽이 같은 대접을 받았다. 그래도 명문대 진학률이 높았다. 우리 문예부는 성적순으로 무조건 일곱 명씩 뽑았는데 선배들이 다 좋은 대학을 갔다. 지금 나랑 페친인 한글문화연대 대표 이건범 형은 문예부 2년 선배. 서울대 사회학과를 가서 빨갱이가 되는 바람에….

 졸업한 지 한참 지나서야 나는 내가 얼마나 좋은 학교를 나왔는지 알았다. 어떠한 경우에도 비겁해지기가 어려웠다. 아무 때나 들려오던 민족! 민족! 민족!이라는 메아리가 내 정신의 핸들을 함부로 꺾지 못하게 했다. 불의하고 부패한 짓에 함부로 동의하지 못하게 했다.

 나는 아무튼 오산학교 나온 것을 모처럼 참 다행으로 여기며 인생을 구가한다. 다들 인정하시겠지만 오산학교 출신 3대 시인

소월, 백석, 류근이라는 타이틀은 이제 누구도 뺏어가지 못할 위엄을 가졌다. 이제 나에게 꿈이 있다면, 오산학교 출신 후문 수위라도 한자리 맡아서 개나리 동산에서 담배 피우는 후배들 꽁초를 주우며 아아, 서해로 흘러가는 한강을 물끄러미 바라보는 것이다. 그렇게 늙어가는 일이다.

이왕이면
좀
아름답게

살아보자고 그 무서운 백신을 세 번이나 맞고 나서 생각한다. 산다는 거슨 얼마나 애매한 현상인가. 우주를 만약 지구만 하게 축소한다면 우리가 속해 있는 은하계는 학교 운동장만 해진다. 지구는 수소 입자보다 작아진다. 우주를 지구만 하게 맹근다는 것도 사실은 허구다. 우주는 그 끝을 알 수조차 없는 수학 밖의 세계니까. 그런데 수소 입자보다 작은 지구라고? 거기에 사람이 산다고?

이런 생각을 조금이라도 하면서 술을 마시고, 연애를 하고, 돈을 벌고, 아이들을 키우고, 노인들을 바라보고, 나무와 풀과 꽃과 강물과 비와 구름과 무지개와 들비와 미국과 달나라와 오늘의 내 슬픔 같은 것들과 마주해야 한다. 우리는 이 광대무변한 우주에서 얼마나 하찮고 사소한 존재들인가. 하찮고 사소해서 얼마나 아름다운 존재들인가.

더 벌자고, 더 가지자고, 더 짓밟자고, 더 움켜쥐자고 매 순간 눈에 핏발 세우는 사람들 보면 마치 소풍 가서 땅 사고 집 짓는 사람들 같다. 허망한 짓이다. 매 순간 죽음과 맞서서 삶을 깨끗하게 지켜내는 것만으로도 사람은 사람의 일을 잘하는 것이다. 목숨 위에 치렁치렁 무거운 것들을 얹는 일은 가뜩이나 비좁은 지구를 무겁게 하는 일이다. 사람들 탐욕의 무게에 겨워서 요즘 지구가 많이 위독하다. 겨우 수소 입자 한 개보다 작은 지구가 아픈데도 온 우주가 아프고 하느님이 아프다. 사람들이 제 생각만 하느라 그런 것들을 잊고 사네.

세계 최고가 프리미엄 화이자 백신 3차 접종했다고 해서 막 진지해지고 그러면 반칙이지. 나는 근엄하고 엄숙하고 진지한 자들을 믿지 않는다. 우주의 역동성과 발랄한 창조성을 배우지 못한 자들이라고 생각한다. 근엄하고 엄숙하고 진지한 자들이 우리 공동체를 얼마나 몹시 초라하게 만들었는지를 생각하면 막 화가 난다. 그러면서 퇴근 후에는 룸살롱 가서 친절하게 구두에 폭탄 맞은 양말을 빨고 여인들 가슴에 고추장을 핥고 그러셨다지. 그분,

우주를 지구만 하게 축소하면 우리 은하계는 학교 운동장만 해지고 지구는 수소 입자 한 개보다도 작아진다. 이토록 명랑한 우주에서 고작 입만 열면 거짓말로 연명하는 힘센 자들 바라보자니

가소(可笑)와 고소(苦笑)가 절로 범람하네. 이왕이면 좀 아름답게 살다 가야지. 이 광대무변한 우주에서 하찮고 사소해서 아름다운 존재들답게. 하느님이 놓아기르는 귀염둥이들답게.

하얗게
지워질
말들

나이 먹어가면서 술 마신 후 아름답지 않고 폼 나지 않는 사람은 추하다. 내가 딱 그러고 있다. 술 마시다 보면 귀신까지 정신에 파고들어서 헛소리를 하고 그리운 사람들한테 마구 전화질을 해서는 술 깨고 나면 하얗게 지워질 말들을 주절거린다. 아직 주변에 착한 사람들이 많아서 대충 넘어가고 있다지만, 나는 그동안 술 마시고 헛소리하는 사람들에게 결코 너그럽지 않았다. 이젠 내가 혼나야 할 때가 온 것이다.

술에서 깨어나 캘린더를 보니까 10월에 새로 생긴 술 약속들이 빼곡하게 메모가 돼 있다. 술에 취해서 즉흥적으로 잡은 약속들이다. 술에 취해서 또 술 약속을 잡는 바보짓.

뚝섬 도사가 지난번에, 나한테 술 안 끊으면 동네 전봇대 앞에서 얼어 죽을 거라고 그랬는데 진짜 걱정이 아닐 수 없다. 내가 술

먹고 라면만 먹다가 얼어 죽으면 그동안 벌어놓은 강남 대부호의 재산은 들비한테 물려줘야 하나. 걱정되니까 또 술 생각난다. 아아, 시바.

진지하면
반칙이다

그 사람이 구사하고 수용하는 유머의 수준이 그 사람의 지적 수준과 인격의 규모를 가늠한다고 나는 믿는다. '풍자와 해학'은 항상 한 몸처럼 붙어 다니지만 사실 풍자와 해학은 칼과 방패처럼 성격이 다른 것이다. 그래서 늘 함께 다녀야 상호 보완 관계가 성립된다.

이렇게 말하는데도 지금 즉시 풍자와 해학의 뜻을 검색하지 않는 사람은 일찍이 학구적 자세를 접고 룸살롱 쩍벌적 자세로 고쳐잡은 어떤 분과 비슷한 인생을 살게 될지 모른다고 나는 또 믿는 거시다. 이걸 또 진지하게 받아들여서 지가 뭐라고 검색을 하라 마라여? 뭐 이런 분들 꼭 계시다. 진지한 분들은 사실, 약이 없다.

풍자(諷刺)는 "문학 작품 따위에서, 사회의 부정적 현상이나 인간들의 결점, 모순 등을 빗대어 비웃으면서 비판함"이라고 국어사

전에 나와 있듯이 별로 관대하지 않은 표현법이다. '자객'에 붙는 그 찌를 자(刺)가 칼을 번뜩이고 있다는 사실을 명심해야 한다.

반면에 해학(諧謔)은 "세상사나 인간의 결함에 대한 익살스럽고 우스꽝스러운 말이나 행동"이라는 풀이에서 보여지듯 시종 좀 웃겨보자는 뜻이 담겨 있다. 농담할 해(諧), 농담할 학(謔)이다. 다소 너그럽다.

풍자만 있으면 서늘해지고 해학만 있으면 느슨해진다. 그래서 둘의 효용성을 활용해서 상황에 맞게 대상이나 세태를 어루만지게 되는 것이다. 우리나라 마당극이나 탈춤의 대사들, 판소리 대사들엔 항상 풍자와 해학이 왼발 오른발처럼 따라붙는다. 풍자와 해학은 약자들의 장르인 것이다.

진지하고 엄숙하고 근엄한 인간 중에 제대로 뭔가 이룬 놈 본 적 있는가. 나라 팔아먹는 놈들 중에 진지하고 엄숙하고 근엄하지 않은 놈 본 적 있는가.

진지하면 반칙이다. 시바,

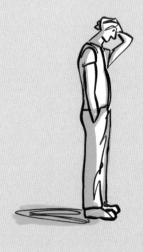

반성

류근

하늘이 함부로 죽지 않는 것은

아직 다 자라지 않은 별들이

제 품 안에 꽃 피고 있기 때문이다

죽음조차 제 품 안에서 평화롭기 때문이다

보아라, 하늘조차 제가 낳은 것들을 위해

늙은 목숨 끊지 못하고 고달픈 생애를 이어간다

하늘에게 배우자

하늘이라고 왜 아프고 서러운 일 없겠느냐

어찌 절망의 문턱이 없겠느냐

그래도 끝까지 살아보자고

살아보자고 몸을 일으키는

저 굳센 하늘 아래 별이 살고 사람이 산다

—『상처적 체질』

이 책에 인용된 작품들은 저작권자에게 허락을 구하여 사용한 것입니다. 권리자를 찾지 못한 몇몇 작품들의 경우, 추후 연락을 주시면 사용에 대한 허락 및 조치를 취하도록 하겠습니다. 작품 인용을 허락해 주신 분들께 감사드립니다.

진지하면 반칙이다

초판 1쇄 2022년 10월 20일
초판 4쇄 2024년 2월 25일

지은이 | 류근
펴낸이 | 송영석

주간 | 이혜진
편집장 | 박신애 **기획편집** | 최예은 · 조아혜 · 정엄지
디자인 | 박윤정 · 유보람
마케팅 | 김유종 · 한승민
관리 | 송우석 · 전지연 · 채경민

펴낸곳 | (株)해냄출판사
등록번호 | 제10-229호
등록일자 | 1988년 5월 11일(설립일자 | 1983년 6월 24일)

04042 서울시 마포구 잔다리로 30 해냄빌딩 5 · 6층
대표전화 | 326-1600 **팩스** | 326-1624
홈페이지 | www.hainaim.com

ISBN 979-11-6714-051-7

파본은 본사나 구입하신 서점에서 교환하여 드립니다.